木戸《きど》の幽霊始末《ゆうれいしまつ》

大江戸番太郎事件帳㉖

特選時代小説

喜安幸夫

廣済堂文庫

目次

四ッ谷絵図
永井肥前守
永井若狭守
森川出羽守
陽光寺
北町
永信寺
毘沙門天
岡部土佐守
正覚寺
東京湾
品川
山手線
渋谷
東京
新宿
四ッ谷
中央線
上野
池袋
長安寺
お岩稲荷
安部摂津守
右馬横丁
長善寺（笹寺）
南伊賀町
妙行寺
日宗寺
忍原横丁
円通寺
四ッ谷左門町
四ッ谷左門町木戸
塩町二丁目
塩町三丁目
水番屋
玉川上水
内藤駿河守
甲州街道
大木戸
四ッ谷伝馬町三丁目
四ッ谷忍町
田安中納言
理性寺
内藤新宿
麦ヤ横丁
真福寺
永昌寺
安全寺
尼寺
知光院
龍昌寺
正應寺
法雲寺
渾雲寺
全勝寺
全徳寺
松平摂津守
自證院門前町
自證院（コブ寺）
西迎寺
養国寺
全長寺
喜慶寺
道林寺
門前町
修行寺
合羽坂
板倉周防守
市ヶ谷谷町
安養寺
米倉丹後守
市ヶ谷片町

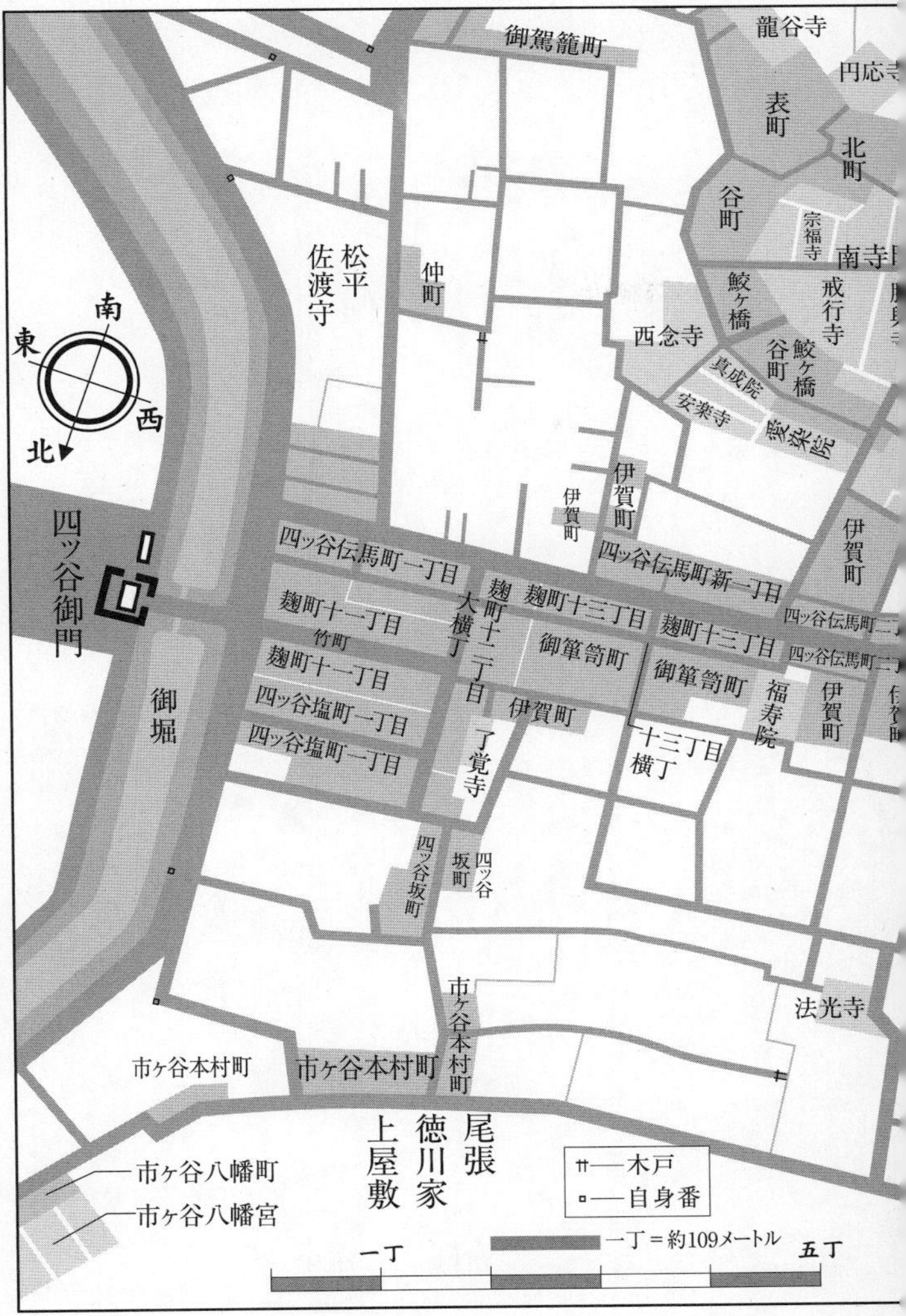

御駕籠町
龍谷寺
円応寺
表町
北町
谷町
宗福寺
南寺町
鮫ヶ橋
戒行寺
西念寺
鮫ヶ橋谷町
真成院
安楽寺
愛染院
松平佐渡守
仲町
南
東
西
北
伊賀町
伊賀町
四ッ谷御門
四ッ谷伝馬町一丁目
四ッ谷伝馬町新一丁目
麹町十一丁目
大横丁
麹町十二丁目
麹町十三丁目
麹町十三丁目
四ッ谷伝馬町二丁目
四ッ谷伝馬町二丁目
竹町
御箪笥町
御箪笥町
麹町十一丁目
福寿院
伊賀町
御堀
四ッ谷塩町一丁目
伊賀町
四ッ谷塩町一丁目
十三丁目横丁
了覚寺
四ッ谷坂町
四ッ谷坂町
市ヶ谷本村町
法光寺
市ヶ谷本村町
市ヶ谷本村町
尾張徳川家上屋敷
市ヶ谷八幡町
市ヶ谷八幡宮
木戸
自身番
一丁＝約109メートル
一丁
五丁

幽霊の声

一

その噂《うわさ》が、左門町《さもんちょう》の木戸番小屋にながれてきたとき、

「えっ、幽霊の声だって？　あははは」

杢之助《もくのすけ》は笑った。

「気は確かかい。この年の瀬によ」

「ほんとなんだって。闇坂《くらやみざか》で、ほんとうに聞こえたんだって。『ぼわーっと』」

蒼《あお》ざめた顔で下駄の音もけたたましく、わざわざ木戸番小屋に走って知らせに来たのは、一膳飯屋の小太りのかみさんだった。

江戸の武家も町家も一斉に大掃除を始める極月《ごくげつ》（十二月）十三日の煤払《すすはら》いを終え、あと十日足らずで天保七年（一八三六）の正月を迎えようかといった、北風

の吹く寒い日の午過《ひるす》ぎだった。

「ほれほれ。あんたのところ、昼めしの書き入れ時じゃないのかね」

「もお。祟《たた》られたって知らないからね」

李之助が取り合わないものだから、小太りのかみさんは不満そうに身を返し、通りの中ほどにある店のほうへ、腰高障子《こしだかしょうじ》を閉めるのも忘れ、ふたたび下駄の音と土ぼこりを上げ走り帰った。

店の客から噂を聞き、そのまま飛び出して木戸番小屋まで知らせに来たようだ。これがあと半刻（およそ一時間）も経って手の空いたときだったなら、李之助が信じるまで帰らなかっただろう。

「まったくもう」

李之助はすり切れ畳から三和土《たたき》に下り、

「なにがぼわーっと、聞こえたのか見えたのか知らねえが」

独《ひと》り言《ご》ちながら、一膳飯屋のかみさんが開けたままにしていった腰高障子を、音を立てて閉めた。

外からの冷たい風がやみ、薄らいだ七厘《しちりん》の炭火の温《ぬく》もりが、ふたたび木戸番小屋の狭い部屋に、焼き芋《いも》の香とともによみがえってくる。

どこの町でも火を扱う仕事には町役《ちょうやく》たちがうるさく、誰でも勝手に商うことはできない。だが、木戸番人は町が雇用しているのだが給金が少なく、それに番小屋にはいつも人がいて安心ということで、簡単な荒物や駄菓子のほか冬場の焼き芋も大目に見られている。町の住人たちも荒物など木戸番小屋で間に合う物は町内で、子供たちも駄菓子は町内の木戸番小屋で買っている。きわめて自然な、町内一家の思いのあらわれである。

冬場の焼き芋の季節には、いつも七厘に炭火があって暖かいものだから、木戸番小屋が町内の隠居たちのたまり場になったりもする。

このときちょうど昼の時分どきだったせいか、杢之助を相手に長々と座を温めている者はいなかった。

杢之助はふたたびすり切れ畳に胡坐《あぐら》を組み、

（えっ、待てよ。さっき闇坂って言っていたなあ）

胸中につぶやき、首をかしげた。

――そこに幽霊？

どきりとする節《ふし》があるのだ。

去年の春のころだった。ある事件に巻き込まれ、弥三郎《やさぶろう》という強請《ゆすり》たかりの悪党をやむにやまれず足技の一撃で葬《ほうむ》ったのが、いま話に出た闇坂だった。このときは内藤新宿で店頭《たながしら》を張っている久左《ひさざ》に依頼して死体を始末し、岡っ引の源造《げんぞう》や町役たちもつるみ、町ぐるみで事件を隠蔽《いんぺい》し、奉行所の同心や捕方《とりかた》を闇坂や左門町に一人も入れることはなかった。

(まさか、弥三郎が)

杢之助はぶるると背筋を震わせた。

待った。

同時に、

(いけねえ。こんなことで)

幽霊話を信じるなど、軽い自戒の念も込み上げてくる。書き入れ時の終わったところで、一膳飯屋のかみさんがまた来るのを期待したのだ。

だがかみさんは、せっかく忙しいなかを伝えに走ったのに、杢之助が取り合わなかったものだから気を悪くしたか、あらためて木戸番小屋に下駄の音を響かせることはなかった。

その間に腰高障子へ音を立てたのは、昼めし代わりに焼き芋を買いに来た下駄の歯入れ屋の爺さんと、桶を買いに来た町内の八百屋のおかみさんだけだった。

下駄の歯入れ屋も八百屋のおかみさんも、すり切れ畳に腰を下ろしていくらか世間話をしていったが、話すのは風が冷たいだの年の瀬だのといった類《たぐい》で、一膳飯屋のかみさんが言った闇坂の幽霊は出てこなかった。

『聞いたこと、ありやせんかね』

と、幾度も自分から話を切り出そうとしたが出せなかった。

闇坂のあの一件は、関わった者は内藤新宿の久左はむろん、手習い処の榊原《さかきばら》真吾《しんご》もおもての居酒屋の清次《せいじ》も、さらに岡っ引の源造も、また町役たちも、顔を会わせても一切口に出さず、なかったこととして片づけているのだ。ないものは噂にも話題にもなりようがない。

もちろん、きょう聞いた〝幽霊〟があの事件に関わっているなど、

（あるはずがねえ）

のだが、場所が闇坂とあっては、やはり自分のほうから切り出すのは憚《はばか》られる。

（せめて清次が来ねえか）

思うのだが、きょうに限って来ない。街道おもてに居酒屋の暖簾《のれん》を張り、裏手が杢之助の木戸番小屋と背中合わせになっている。

居酒屋といっても昼間はめし屋とおなじで夕刻近くから酒も出すのだが、一膳

飯屋のかみさんが客から聞いた話なら、清次も耳にしているかもしれない。

夏場なら自分のほうからふらりと出て、居酒屋が軒端《のきば》に出している縁台に座り、お茶を飲みながら清次が出てくるのを待つこともできるのだが、冬場で常に七厘の炭火を抱えていては、片時も留守にはできない。

（おっ、そうだ。松つぁんと竹さんがいる）

李之助の胸中に期待が高まった。木戸番小屋の奥の長屋の住人で、鋳掛屋《いかけや》の松《まつ》次郎《じろう》と羅宇屋《らうや》の竹五郎《たけごろう》だ。

「――おう、李さん。行ってくらあ」

と、二人はいつも仕事に出るとき、木戸番小屋に朝の声を入れていく。李之助も下駄をつっかけ、おもてへ出て見送るのが日課のようになっている。

けさである。李之助はいつものように、松次郎と竹五郎の声が入ると同時に下駄をつっかけ、腰高障子に音を立てた。

いつもなら木戸からおもての甲州街道に出るのだが、きょうは左門町の通りを奥へ向かった。

「――おう。きょうはどこへ」

李之助が言ったのへ二人は立ちどまり、

「――年の瀬だ。近場《ちかば》できょうは仕事収めでえ」

「――それでちょいと鮫《さめ》ガ橋《はし》へ」

松次郎が言ったのへ竹五郎がつないだ。

四ツ谷左門町の通りは甲州街道の枝道で、街道に面した木戸から南へ三丁（およそ三百米《メートル》）ほどにわたって延びている。突き当たった丁字路の向こうは寺町で、そこまで行けば昼間でも人通りは少ない。その寺町と町場を分けるように往《おう》還《かん》が東西に延びており、それを東へ進めば左門町の東隣の忍原《おしはら》横丁の自身番があり、この自身番が左門町の住人台帳も預かっている。

その自身番の前を過ぎると、往還はこれまで片側がお寺でもう一方が町家だったのが、両脇とも寺の壁となり、さらに人通りが少なくなって昼間でも人と出会うのが稀《まれ》となる。

両脇を寺の壁に挟まれながら進むと、いきなり急な下り坂になり、大八車などは牽《ひ》くのではなく、軛《くびき》を逆さにして引っぱりながら下らなければならない。

それよりもこの坂道は両側から鬱蒼《うっそう》と茂るお寺の樹木がせり出し、まるで隧道《ずいどう》のようになって昼間でも暗く、松次郎たちは通り慣れているが、初めての者ならどこかの杣道《そまみち》に迷い込んだかと錯覚を起こすほどだ。

下りきったところに鮫ガ橋の町場が広がっている。鮫ガ橋といっても橋一本を指すのではなく、四ツ谷界隈で鮫ガ橋といえばその一帯に広がる町場全体を指すことになる。それら左門町や忍原横丁から鮫ガ橋に出る、寺々に囲まれ樹木の鬱蒼と茂る急な坂道を、土地の者は闇坂と呼んでいる。

「——おう、そうかい。稼いできねえ」

「——おうよ」

杢之助が言ったのへ、角顔の松次郎は商売道具を引っかけた天秤棒の紐《ひも》をつかんでブルルと振り、丸顔の竹五郎は背の道具箱をうしろ手で持ち上げガチャリと音を立てた。仕事に出るときに気合を入れる、いつもの二人の仕草だ。

ということは、きょう二人は闇坂を通り、帰りも通ることになる。

しかも松次郎の鋳掛仕事は、町の角や寺社の門前などが商いの場となり、ふいごを踏んで火を熾《おこ》しているところへ、近辺のおかみさんや女中衆が穴の開いた鍋や釜を持って座り込み、井戸端会議ならず、ちょっとしたふいご端会議の場となり、そこにさまざまな町の噂が飛び交う。

羅宇屋の竹五郎は、声がかかった家の裏庭に入り、縁側に羅宇竹《らうだけ》をならべ、煙管《きせる》の脂《やに》取りをしたり雁首《がんくび》や吸い口をすげ替えたりする。ご隠居さんやあるじどのが縁側に出てきてお気に入りの羅宇竹を選んだり、そのまま座り込んで世間話をしたりする。

このように鋳掛屋も羅宇屋も、魚屋や豆腐屋など他の棒手振《ぼてふり》と違い、一カ所にじっくりと腰を据える商いだから、町々の噂には人一倍明るくなる。

ぼわーっと聞こえた幽霊の声……。これほど人の興味を引く話が、闇坂を下って鮫ガ橋の町場に入った二人の耳に入らぬはずはない。

下駄の歯入れ屋と八百屋のおかみさんのあと、木戸番小屋の腰高障子はしばらく音を立てなかったが、陽がかなり西の空にかたむいたころ、柄杓《ひしゃく》や草鞋《わらじ》、それに焼き芋を買いに来た町内の住人がいたが、いずれも幽霊の話は出なかった。まだそれほど広がっていないのかもしれない。やはり杢之助のほうから、それを話題にすることはなかった。

陽はさらに西の空にかたむいた。そろそろ松次郎と竹五郎が帰ってくる時分だ。出商《であきな》いや出職《でじょく》の者が塒《ねぐら》に帰ってくるのはおよそ陽の落ちる前で、荷をおろすなり町内の湯屋に飛び込むのが、職人や行商人の楽しみでもあるのだ。

羅宇屋の竹五郎は、歩調に合わせて背の道具箱に挿《さ》している煙管や羅宇竹がカチャカチャと音を立てるので、遠くからでも分かる。

腰高障子の向こうにその音が聞こえてきた。天秤棒の松次郎も一緒のはずだ。幽霊話を耳にしたなら、杢之助が訊《き》かなくても二人は話すだろう。二人とも朝に木戸番小屋へ威勢のいい声を入れれば、日暮れ近くには木戸番小屋のすり切れ畳に腰を下ろしてその日に仕入れた町々の噂などを話し、一息ついてから湯屋に行くのもまた日課になっているのだ。

近づくカチャカチャの音に、杢之助はすり切れ畳にならべている荒物をいくらか片づけ、二人分の座をつくって腰高障子に目を向けた。

二

「おう、杢さん。帰《けえ》ったぜ」

角顔の松次郎の声だ。

同時に腰高障子が音を立てた。

「おぉう、どうだったい。きょうの商いは」

「きょうが今年最後だっていうと、あれもこれもってずらーっと行列ができてよ。おお、あったけえ」

腰をすり切れ畳に下ろすと、

「外は寒い、寒い。極楽だ、ここは。いい香りもするしよ」

と、丸顔の竹五郎もつづき、うしろ手で腰高障子を閉めた。

松次郎は肩の天秤棒を降ろすだけだが、竹五郎は背中に背負った道具箱の紐を片方ずつはずすのだから、動作がいつも松次郎より一呼吸遅れる。

「ちょうどよかった。二つこんがり焼けてらあ。喰っていきねえ。お茶もいま入れるから」

「いいのかい、売り物なのに」

「あゝ。横にまだあるから、二つ、三つ載せておいてくれ」

「それじゃあ。あっちーっ」

「おっと、あちちちっ」

竹五郎が七厘の上の焼き芋をつかみ、一つを松次郎に渡すと松次郎も声を上げ、両手で交互に持ち替えている。

竹五郎もすり切れ畳に腰を下ろし、

「おぉう。かじかんだ手がとろけてくるようだ」

「おう、あちち。俺もだ」

二人とも焼き芋を両方の手の平にころがし、

「さあ、お茶だ。ゆっくりしていきねえ」

「すまねえ。おっ、旨《うめ》えーっ」

「おぉう。体の中からあったまらあ」

二人はもぐもぐやりだした。

「ところでよ、年末ならそれらしい、いつもと違った噂などはなかったかい」

「そういやあ、あったあった。年末だからっていうよりも、逆に季節はずれの話があったなあ」

「あゝ、あれかい。きょうは二度もその現場ってところを通ったが、なあんもありゃしねえ。拍子抜けだったぜ」

杢之助が水を向けたのへ、竹五郎が応じ松次郎がつないだ。

二度も通った……闇坂だ。

「季節はずれって、この寒いのにどこかで桜でも咲いたのかい」

相手が毎日顔を会わせている仲だというのに、単刀直入に問えない。

(おめえさんたちだからこそなんだ)

じれったさを覚えているのは、訊いている杢之助のほうなのだ。

「そんな乙《おつ》な話じゃねえ。幽霊だぜ、幽霊」

松次郎が左手に焼き芋を持ったまま奥の杢之助のほうへ身をよじり、右手の手首をだらりと下げ幽霊の仕草をした。

「幽霊？」

待っていた話だ。

「そうさ。鮫ガ橋の質屋の銀蔵《ぎんぞう》旦那が、この忙しい時期に寝込んじまってよ。桶《おけ》屋《や》の親方が木槌を振りまわして。夏なら話も分かるが、この季節だぜ。昼間っからぼわーっと名を呼ばれたってんだから、話が分からねえや」

「ほれほれ、松つぁん。おめえ、いつもそうだ。そんな話し方じゃ杢さんに分からねえじゃないか」

「そうだぜ。松つぁんの話は、いつも前後がばらばらになるからなあ」

竹五郎が言ったのへ杢之助はつないだ。松次郎は鍋の底を打つときは驚くほど丁寧になるのだが、噂話になると先を急ぐのか前後が入れ替わり、筋が分からなくなる。

だが一膳飯屋のかみさんも、声が〝ぼわーっと〟と言っていたから、そこは合っている。どうやら、目に見えたのではなさそうだ。それに〝昼間っから〟というから、これも一膳飯屋が言った〝闇坂〟と辻褄《つじつま》が合う。

「てやんでえ」

けなされてふくれる松次郎に杢之助は、

「だが分かったよ。これが出たんじゃなくって」

胡坐のまま両手で幽霊の手つきをし、

「声だけぼわーっと聞こえたんだろ？　それに昼間っからって、ひょっとしたら闇坂かい」

「おっ、さすがは杢さん。いい勘してるじゃねえか」

「そりゃああそこは昼間でも暗いし、両脇がお寺ときているから、通るだけでも気味が悪い。で、質屋の銀蔵旦那とか桶屋の親方とかって、そのお人らが聞いたのかい」

杢之助は機嫌をなおした松次郎に問い、視線を竹五郎のほうへ向けた。鮫ガ橋の住人の名まで、杢之助は知らない。

「そこなんだ、噂になってるのは」

竹五郎は杢之助の視線を受け、語りはじめた。

数日前に質屋の銀蔵旦那が、

「――闇坂でころんだ」

と、真っ青な顔で腰をさすりながら鮫ガ橋の町場に走り帰ってきて、そのまま寝込んでしまったらしい。

闇坂を下り林道《はやしみち》を過ぎたところが鮫ガ橋谷丁《たにちょう》で、その南側が鮫ガ橋表丁《おもてちょう》といい、そのあいだに大八車でも譲り合えばすれ違えるほどの幅をもった往還が東西にながれている。長屋ではなく一戸建ての味噌屋に豆腐屋、魚屋に八百屋などがならび、蕎麦屋《そばや》や煮売酒屋に小料理屋も暖簾を出しており、そこが鮫ガ橋の町場の中心となって、人通りは左門町の通りより多い。

質屋の銀蔵というのは五十路《いそじ》をすこし出たほどで、その通りの表丁への枝道を入ったところに暖簾を張っており、屋号よりも〝銀質《ぎんしち》〟というのが通り名になっている。

その銀質の銀蔵は〝闇坂でころんだ〟といって寝込んでしまったらしいが、

「すぐ近くのご隠居は、銀蔵さんなにかに怯《おび》えていなさったようだと言ってやしてねえ。それがおとといでさあ……」

庄兵衛《しょうべえ》という桶屋の親方が寺町のほうへ御用聞きに出かけ、その帰りに闇坂から木槌を振りまわしながら町場へ走り込んできたという。

四十路《よそじ》前後の職人気質《かたぎ》の男で、作業場は鮫ガ橋の大通りの谷丁側の枝道に入ったところにあるという。

「木槌を振りまわしていたのは、たまたま商売道具を持っていただけらしいのだが」

と、竹五郎は解説を入れた。

ともかく庄兵衛は大慌てで顔面蒼白になり、

「——幽霊だ！　幽霊に呼びとめられたあっ」

と、喚《わめ》きながら暗い坂道からころがるように走り出てきたという。

町の者が驚き、興奮状態の庄兵衛をなだめ、理由《わけ》を訊くと、

「——暗い坂道の中ほどを下っているときだ。上のほうから〝しょーべえー、しょーべえー〟と、そう、ぼわっとした、それでいて刺すような声が聞こえたんだ。確かに俺の名を呼んでいた。それで立ち止まってあたりを見まわしたが、ほれ、あそこは昼なお暗くって、見えるのは木の枝ばかりで、あとはなあんも見えねえ」

首をかしげ、下りはじめると、

「——また呼ぶじゃねえか。ぼわんとしたような、刺すような声で俺の名をよう。

まわりはお寺だ。あとはもうわけが分からず、走って下りてきたのよ。なんなんだろう、ありゃあ。二回も呼ばれたから、木の枝が擦れた音を聞き間違えたなんてものじゃねえ。二回とも、確かに俺の名を呼んだのだ」

庄兵衛は憮《しか》と言ったという。

話した場所はあの鮫ガ橋の大通りだ。噂はすぐに広まった。

すると寝込んでいたはずの質屋の銀蔵が、近所の者にふと言ったという。

「――実はわしもそうなんだ。桶屋の庄兵衛さんとおなじで、坂の途中で〝ぎーんぞー、ぎーんぞー〟と。ぼわっとした、そうそう、それでいてなにやら刺すような声じゃった。それでわしは驚いてひっくり返り、腰を打ったのさ」

それがたちまちに広がり、

――闇坂に、ぼわっと幽霊の声
となり、耳にした行商人あたりがきょう、左門町に来て一膳飯屋に入り、話しているのを聞いたかみさんが、〝スワ一大事〟と木戸番小屋に走ったようだ。

「ほう。表丁の質屋の銀蔵旦那に、谷丁の桶屋の庄兵衛親方って、どっちも鮫ガ橋の住人だなあ。で、その銀蔵旦那や庄兵衛親方かい。どんなお人なんだい」

「それよ。俺んところへ来た女衆が言ってたぜ。それもみんな口をそろえてさ」

松次郎が上体を杢之助のほうへねじったまま乗り出した。

「——銀蔵旦那が黙ってたの、きっと自分が祟られているって思い、それで他人《ひと》には内緒にして寝込んでしまったのよ」

「——そうそう。銀質なら祟られたっておかしくはないさ。ところが庄兵衛親方まで聞いたんじゃ、銀蔵さんだけじゃなくなった。それであの男、安心して俺もって名乗り出たんじゃないの」

「——そうよ。きっとそうよ。でも、幽霊の声……？」

「——わーっ」

鍋や釜を持って順番を待っていた女衆は、まるで大騒ぎでもするように話していたという。

なんでも銀質の銀蔵というのは、松次郎や竹五郎が鮫ガ橋の町場で拾ってきた話によると、ずいぶん阿漕《あこぎ》な商いをして、なかには一家離散した者や首を括《くく》った者までいるそうな。その一方で、桶屋の庄兵衛親方は仕事には厳しいが、町内ではホトケの庄兵衛さんと言われているらしい。

「幽霊かなんだか知らねえが、よりによって対照的な二人がおなじ場所でおなじ目に遭うたあ、なんとも腑に落ちねえ」

「そうよ。俺もそう思う」

松次郎が言ったのへ、竹五郎も相槌を入れた。

「さっき松つぁん、二度も通ったって言っていたが、その闇坂かい。行きは知らなかったから通るのも分かるが、幽霊話を聞いて帰りも通ったのかい」

「俺はよそうと言ったんだけど、松つぁんが行こう行こうって」

「そうよ。竹の野郎、臆病なんだから」

「で、出たかい。いや、聞こえたかい」

「なあんにも。途中で止まってあたりを窺《うかが》ったんだけどよ」

「ホッとしたよ」

松次郎が拍子抜けしたように言い、竹五郎は真剣に胸を撫で下ろしていた。

外がいくらか薄暗くなったようだ。

「おっ、いけねえ。竹、行こうぜ」

「あっ、ほんとだ」

二人とも焼き芋は食べ終わっている。

そろって腰を上げ、腹掛《はらがけ》の口袋《こうたい》から手拭《てぬぐい》を引っぱり出し、肩にかけた。

「おぉ、寒い」

「急ごう。もう残り湯だあ」

二人は左門町の通りのなかほどにある湯屋へ急いだ。

「ふーっ。幽霊の声？」

李之助は大きく息をつき、首をかしげた。一膳飯屋のかみさんの話と合っている。鮫ガ橋の住人二人は確かに聞いたようだ。それも二人とも冗談で人を担ぐような性質《たち》ではなさそうだし、担いでなにかの得になるような職種でもない。

三

松次郎と竹五郎が湯に行ってからすぐだった。李之助は陽が落ちてから七厘を焼き芋ごとおもての居酒屋に預け、拍子木を打ちながら町内の火の用心に出かけた。まだ提灯《ちょうちん》はいらない。黒っぽい股引《ももひき》に地味な袷《あわせ》の着物を尻端折《しりはしょり》に、手拭で頬かぶりをし白足袋に下駄を履き、首に拍子木の紐をかけ、いくらか前かがみになって歩く。どの町でも見かける、しょぼくれた木戸番人の姿だ。

とくに湯屋のまわりは丹念にまわる。湯屋は日の出とともに竈《かまど》に火を入れ、日の入りとともに火を落とすのが決まりである。だから松次郎も竹五郎も〝残り湯だあ〃と急いだのだ。二人はまだ湯舟に浸かっているだろう。

左門町の隅から隅まで一通りまわったころ、もう薄暗くなっていた。

おもての居酒屋に寄ると、載せていた焼き芋は売れていた。

調理場にいる清次に、

（今夜）

と、目配せし、

「あちち」

「ほらほら、杢さん。まだ火が残っているんだから」

七厘を抱えようとして思わず手を離した杢之助に、横合いからおミネが雑巾《ぞうきん》を持った手を差し伸べた。松次郎や竹五郎とおなじ長屋の住人で、太一《たいち》が品川の海鮮割烹《かっぽう》・浜屋《はまや》へ奉公に出てからは、寡住《やもめず》みになっている。毎日、朝から清次の居酒屋へお運びの手伝いに出ている。おミネに頼まれ、品川まで太一のようすをそっと見に行ったのは、去年の夏場だった。

「すまねえ、おミネさん。あとでこの雑巾、返しにくらあ」

「いいんですよう。そのまま番小屋で使っててくださって」

「おっと」

二人の手が重なった。

「そうそう。こんどまた預かるとき、それを使えば」

志乃《しの》の声を背に、

「ありがてえ。そうさせてもらいまさあ」

杢之助は七厘に雑巾をあて、抱え込むように木戸番小屋へ戻った。清次の女房で、板場には清次が入り、店を仕切っているのは志乃だ。

七厘の炭火から油皿の灯芯《とうしん》に火を取った。

灯が入り部屋が明るくなったと感じるほど、まだ暗くはなっていなかった。

「ふーっ」

杢之助はまた大きく息をついた。

七厘の炭火はまだ赤く、それだけで九尺二間の狭い木戸番小屋の中は暖かい。

以前は七厘を二つも使っていたが、去年の冬に片方を壊してしまい、いまは一つで間に合わせている。町内の住人が幾人か、使っていない古いのがあるから持ってこようかと言ってくれたが、

「――いやあ、一つのほうが扱いやすいから」

と、杢之助は言っている。実際、火の用心にまわるとき、あるいはちょいと外

出するときなど、清次の居酒屋や奥の長屋の部屋に預かってもらうが、一つのほうが手間がはぶけて便利だ。

そのたびに、

(これも歳のせいかなあ)

感じると同時に、

(儂《わし》のような者が、この木戸番小屋に住まわせてもらい……)

町そのものに対し、杢之助は思うのだった。

部屋の中の明かりは、油皿の小さな灯火のみとなった。

宵《よい》の五ツ(およそ午後八時)の鐘が聞こえてきた。居酒屋で七厘に炭を継ぎ足してくれていたか、まだ燃え残っている。どおりで部屋が暖かいはずだ。

「さて、どうしよう」

独り言ちた。いつもならこの時分には七厘の炭火は灰になっているのだが、火のあるまま火の用心に出ることはできない。この時刻では他所にも預けられず、水をかけ消すのはもったいない。

腰高障子の外に軽やかな下駄の音が立った。

おミネだ。

左門町から甲州街道を西へ五、六丁（五、六百米）のところに四ツ谷大木戸があり、その向こうが内藤新宿である。この立地から、夕刻から内藤新宿の色街にくり出そうかという客で、その前に景気づけにちょいと一杯と左門町の居酒屋による者もけっこういる。それらの足の途絶えるのが、いつも宵の五ツ時分である。

客足が絶えると清次の居酒屋は軒提灯と暖簾を下げる。

おミネが長屋に戻るのはその時分で、いつも木戸番小屋に声を入れ、長屋の路地に入って行く。

外から腰高障子に提灯の灯りが映り、戸が音を立てた。

自分が入れるすき間だけ開け、

「おお、寒い」

ぶら提灯《ちょうちん》をかざしたまますするりと入ってきた。

四十路に近いが色白の細身で歳よりは若く見え、髪は髷《まげ》を結わず洗い髪のままうしろで束ねているのが色っぽい。

うしろ手で腰高障子を閉めたおミネに、

「いいところへ来てくれた、おミネさん。頼まれてくんねえ」

「うふふ、火の番でしょ。わたしも夕方、ちょっと炭を足し過ぎたかなと思って、気になっていたんですよう」

おミネは故意に炭をいっぱい足したようだ。

杢之助は気づいている。

（あんたの気持ち、ありがてえが……すまねえ、おミネさん）

杢之助は胸中に詫び、

「急いで一まわりしてくらあ」

「町内は丹念に見てもらわなければね。だからみんな安心できるんだから」

おミネは言った。木戸番人といえば、どこの町でも〝生きた親仁《おやじ》の捨て所〟などと言われ、老いて行き場のなくなった隠居が町に安い給金で雇われ、木戸の開け閉めと火の用心の見まわりだけをしているのがおよその姿だ。

だが左門町は違った。夫婦喧嘩から住人同士の揉め事までが木戸番小屋に持ち込まれ、杢之助が出ればそれでほとんど収まっていた。

（その杢さんが身近にいる）

それがまた、おミネの秘かな歓《よろこ》びでもあった。

「ん、まあな。火の用心だけだが」

杢之助は拍子木を首に提げ、〝四ツ谷　左門町〟と墨書されたぶら提灯に油皿の炎から火を取り、三和土に下りた。

おミネは自分の提灯の火を吹き消した。李之助が町内を一巡し、戻ってくるまで留守居《るすい》だ。

腰高障子を開け、外に出ようと敷居をまたいだ李之助に、

「あとで清次旦那が熱燗《あつかん》を持ってくるって。男同士はいいですねえ、酌み交わしながら話などができて。そうそう、きょうはきっとあれが話題になりそうね」

「あれ？」

李之助は足をとめ、ふり返った。

「お客さんが言ってた。闇坂に幽霊が出たの出ないのって。この寒い時期に」

李之助はドキリとした。松次郎や竹五郎の話で、去年の弥三郎の一件とまったく関係のないことは明らかとなったはずだ。だが、おミネの口から〝闇坂〟の話が出るとハッとせざるを得ない。

町の人々に、清次や手習い処の榊原真吾らと組んでの闇走りは、李之助の以前と同様、どんなことがあっても周囲に知られてはならない。わけてもおミネには、

（このまま、なにも知らねえでいてくだせえ。後生だ）

ずっと思いつめている。

「えっ、どうしました。まさか杢さん、いまから闇坂まで……」

「そんな酔狂なこと。儂にはこの町だけで精一杯さ」

外から音を立て、腰高障子を閉めた。

――チョーン
乾いた拍子木の音に、

「火のーよーじん、さっしゃりましょーっ」

杢之助の声とともに拍子木の音も遠ざかり、市ケ谷八幡からの宵五ツの鐘の音がその静寂を埋めた。

左門町の通りから枝道にも入り、町内を一巡した。この時刻、通りに人影はないが灯りのこぼれている家はときおりある。

拍子木の音が木戸番小屋に戻ってきた。

「すまねえ、おミネさん」

腰高障子に音を立てた。

「すみません、杢之助さん。留守居、交代しやした」

すり切れ畳の上から返したのは清次だった。熱燗入りのチロリを前に、すでに二人分の湯飲みまで用意し、杢之助の帰りを待っていた。

「おう、来ていたか」

言いながら杢之助は頬かぶりを取り、提灯の火を吹き消した。あとは油皿のほのかな灯りだけだ。

「あっしが来やすと、おミネさんが七厘の番をしていたので、代わりにしてやるからと帰したのですが、余計なことをしやしたかねえ。おミネさんの気持ちを考えると」

「清次よ」

「へえ」

「おめえ、そんなこと冗談にも言うもんじゃねえぜ。儂たちゃあなあ……」

「おっと、その先は言わねえでくだせえ。あっしはただ、おミネさんの気持ちが」

「だからじゃねえか。それよりも、きょう……」

言いながら杢之助はすり切れ畳に上がり、チロリの前に胡坐を組んだ。清次はそれを待っていたように、杢之助の湯飲みにチロリの熱燗を注いだ。

うまそうに杢之助はそれを口に運んだ。

二人にはこの話しようが自然なのだ。これも杢之助と清次だけの秘密で、知っているのは清次の女房の志乃だけである。

「昼間、一膳飯屋のかみさんが来て、松つぁんと竹さんからも詳しく聞いたがよう」

「あっしもお客さんから聞きやした。闇坂の幽霊でしょう」

「そうよ」

「だと思ってやした。闇坂と聞いただけで杢之助さんは緊張しなすった。あっしがいつも言っているでやしょう」

「ふふ。取り越し苦労だって言いたいのだろう」

「へえ、さようで」

「ま、こんどはそうだった。それにしてもみょうな話だ」

「あっしもそう思いやす」

言っているところへ、腰高障子の向こうに提灯の灯りとともに人の気配が立った。

「入りねえ」

杢之助が声をかけた。

志乃だった。片手に湯豆腐を盛った皿を盆に載せ、指にもう一本チロリを引っかけ、提灯を持った手で器用に腰高障子を開けて入ってきた。すこし浅黒くて恰幅のいい、いかにも店を切り盛りしているといった風情の女だ。

「残り物でこんなのしかできなかったんですよ。ごめんなさいね」

言うと盆とチロリをすり切れ畳の上に置き、

「幽霊の噂、かなり広まっているようですよ。気味が悪いですよねえ」

と、言っただけで、

「では、ごゆっくり」

退散し、外から腰高障子を閉めた。

気にならないはずはないのだが、訊かれたときは別として、自分から清次と杢之助の会話に立ち入ることはない。

提灯の灯りが腰高障子から遠ざかると、

「まったくおめえには」

「過ぎた女房だとおっしゃりたいのでしょう。それこそ、よしてくだせえ」

杢之助が言いかけたのを清次は制した。

お互いに相手の口癖を封じ合っているようだ。

だが、慎重すぎる杢之助が周囲から奇妙に思われず、清次が木戸番小屋の杢之助を裏で支え、ときには一緒に闇走りができるのも、志乃がいるからである。

また熱燗で口を湿らせ、

「それにしても、わけが分からねえ」

と、李之助は松次郎と竹五郎の語った内容を話した。清次はそこまで詳しくは聞いていなかったようだ。

「質屋の銀蔵旦那に桶屋の庄兵衛親方？　表丁と谷丁といっても、おなじ鮫ガ橋の町内ですねえ。それなら幽霊の正体も鮫ガ橋の人間？」

李之助の話に、清次は推測を口にし、

「そういうことにならあ」

李之助はうなずいた。

「だがよ、質屋の銀蔵だけなら恨みを持つ者のいたずらってことになろうが、まったく正反対の桶屋の親方まで名指しされたってのが腑に落ちねえ」

「でしょうが、人間どこでどんな恨みを買っているか知れやせん。ともかくこれは鮫ガ橋のことで、岡っ引の源造さんも幽霊話にわざわざ聞き込みを入れたりはしねえでしょう。入れたとしても鮫ガ橋の話で、こっちには関係ありませんや。まして幽霊を捕《とら》まえに同心が捕方を引き連れてくるなんざ、洒落にもなりやせんぜ」

「そうは言うが、銀質の銀蔵ってのが気になる。ぼわーっとした声だけならどうっていうこたあねえが、斬りつけたり刺したりしてみろ。左門町の住人でそこになにか質入れしている者《の》がいたりすりゃあ、この町まで探索の範囲になっちまうぜ」

「ほれほれ、そこが取り越し苦労だっていうんですぜ。どうしても気になりなさるんなら、榊原の旦那の隣が質屋の金兵衛さんじゃありやせんか。金兵衛さんに訊けば、鮫ガ橋の銀蔵とやらのことが、もっと詳しく分かるかもしれやせんぜ」

「ふむ、金兵衛旦那か。あしたにでも行ってみよう」

「えっ、ほんとうに行きなさるので？　まったくもう心配性なんだから」

「そうは言うが、おめえ。奉行所には……」

「おっと、どんな目利きがいるか知れたものじゃねえって、そうおっしゃりたいんでしょう」

また清次が杢之助の口癖を制し、湯飲みを口に運んだ。

八年前、内藤新宿の数軒の旅籠《はたご》で用心棒をしていた播州浪人の榊原真吾に手習い処の開業を勧め、左門町と街道をはさんだ向かいの麦ヤ横丁に空き家を見つけ、世話したのは杢之助である。その空き家の家主《いえぬし》が、隣の質屋の金兵衛なのだ。

江戸の質屋は〝質屋仲間〟という組合に登録し、奉行所の〝作法定書《さほうさだめがき》〟によって預かる期限や利子が規定されている。金兵衛は町内の住人から〝石頭〟と言われるほどお定書を守り、手堅い商いをしている。

「幽霊話からなにやら事件が起こり、火の粉が左門町にまで飛んできたんじゃ事だからなあ」

「ま、取り越し苦労だと思いやすがねえ」

「おっと。そろそろ四ツ（およそ午後十時）の鐘が鳴る時分だ」

どの町も日の出とともに木戸を開け、閉めるのは夜四ツである。

「もうそんな時分で？」

清次は帰り支度にかかった。チロリは二本とも空になり、湯豆腐も皿だけになり七厘の炭火も灰になっていた。

杢之助はふたたび拍子木の紐を首にかけ、木戸番小屋の提灯に火を入れ、油皿の灯りを吹き消した。

清次が腰高障子を開け、二人そろって外に出て杢之助が閉めた。

音がしない。

これが杢之助と清次にとっては、かつて沁みついた習慣で、昼間他人前《ひとまえ》で音を立てているのは、音無しで逆に目立って訝《いぶか》られないようにとの配慮からである。

「それじゃあ、お気をつけなすって。幽霊など出ねえと思いやすが」

「いっそ、こっちに出てくれたほうが、正体つかみやすいのだがなあ」

と、清次はおもてのほうに向かい、杢之助は左門町の通りを奥に向かった。

――チョーン
「火のーよーじん」

拍子木の音と杢之助の声を清次は背に聞いた。

この時刻、左門町の通りで灯りといえば、杢之助の持つぶら提灯の火のみとなっている。

あちらの路地、こちらの角とまわりながら、

「いったい、どこのどいつだ。ふざけたいたずらをするやつは」

暗闇の中に杢之助はつぶやいたが、

(あそこの坂道は、確かこっちから行きゃあ左手が勝興寺に戒行寺、右手にゃ永信寺や宗福寺など五、六カ寺がずらーっとならんでいたなあ。壁の内側はすぐ墓場だろうし、そこへ樹々が鬱蒼と……)

思えば、

「おおう」

と、身震いしないでもない。

町内を一巡し、木戸番小屋の前に戻ってきて木戸に鈍い音を立てたとき、ちょうど夜四ツの鐘が聞こえてきた。

四

寒い。

掻巻《かいまき》の中から首だけをまわした。

腰高障子が外からの明かりを受け、闇の中に白く浮かんで見える。

「おおう」

身震いしたのは、寒さだけではない。

「いかん」

つぶやき、

「えいっ」

かけ声とともに跳ね起きた。

白い息を吐きながら外に出ると、脇の長屋の路地から釣瓶《つるべ》の音が聞こえてくる。

桶と手拭を持ち、路地に入った。

「あーら、杢さん。いま起きたかね」

一番手前の部屋の左官屋の女房が声をかけてきた。大きな水桶を抱えている。朝の水汲みだ。

井戸端では、

「ひーっ、冷てえ。しずく飛ばすねえっ」

「なに言ってやがる。そんなとこにつっ立ってるからだろが」

「なにい」

桶と手拭を手に順番を待っている松次郎が言えば、いま水を汲んだばかりの大工がやり返している。部屋は手前から二番目だ。

「ほらほら、二人とも。朝から喧嘩などしないで早くすませてよ」

と、おミネも桶と手拭を手に部屋から出てきた。まん中の部屋だ。

日の出のすこし前が、長屋の井戸端が一日で最も混みあう時間帯だ。

火打石の音が聞こえてくるのは、奥から二番目の竹五郎の部屋からだった。きょうは竹五郎が火熾《ひおこ》し当番のようだ。一番奥は松次郎だ。この五世帯が長屋の住人で、このあと路地には、互いに分けあった火種を元に七厘をあおぐ音に煙が充満する。

李之助は早々に顔を洗い、街道に面した木戸に向かった。

「おぉう、左門町の木戸番さん。きょうもありがとうよ」

声がかかる。木戸の外にはすでに朝が勝負の豆腐屋や納豆売りが待っている。

「おうおう、みなさん。寒い中、精が出るねえ」

「それにしても左門町はありがたいよ。明け六ツの鐘より早く木戸が開くんだからなあ」

と、白い息を吐きながら入ってきて、さっそく通りで一番手前の長屋の路地に、

「わあっ、煙い、ゴホン。さあさ、豆腐だぜ、とーふぃー」

「こちらは、ゴホン。なっとー、納豆」

と、きょうの第一声を上げる。

そのころようやくあたりへ日が射し、刺すような寒さのなかに温もりを感じる。同時に市ケ谷八幡や内藤新宿の天龍寺の打つ明け六ツの鐘が聞こえてくる。

他の町の木戸では、この鐘の音を目覚ましに木戸番人が起きだし、よっこらしょっと木戸を開けるのだから、朝商《あさあきな》いの棒手振たちが左門町に集まるのは自然の成り行きだった。木戸によっては陽が昇っても開かず、外から棒手振たちが

大声で年寄りの木戸番人を呼ぶこともある。

出職や出商いの者が仕事に出るのは明け六ツ半（およそ午前七時）時分だ。

杢之助も火種で七厘に炭火を熾し、すり切れ畳に売り物の荒物を並べたころ、

「おう、杢さん。行ってくらあ」

「きょうもきのうのつづきでねえ」

松次郎の声に竹五郎の声がつながった。

「あれ？」

杢之助は思い、急いで下駄をつっかけ、腰高障子に音を立てて飛び出し、

「おぉい。きょうから餅つきじゃなかったのかい」

きのうの朝と同様、左門町の通りを奥へ向かう二人を呼びとめた。股引に腰切《こしきり》半纏《ばんてん》を三尺帯できりりと決めている。

二人は立ちどまり、

「なんでい、杢さん。言ってなかったかい」

「あっ、きのう言い忘れたよ。幽霊の話ばっかりで」

「言い忘れたって、なにを」

杢之助は駈け寄り、三人が路上で立ち話のかたちになった。

「鮫ガ橋はきのう一日で仕事納めのつもりだったのがよ、穴の開いた鍋が多すぎて一日じゃやりきれず、きょうに持ち越しってわけよ。そうそう、きのうは幽霊の話に夢中になり、言ってなかったなあ」

「俺もそうなんだ、正月にそなえて煙管を新調したいって何本か注文受けてさ。餅つきはあしたからだ」

「ほう、そういうことかい。だったらきょうも闇坂だ。気をつけねえ」

「へへん。話だけじゃなくって、実際《じっせえ》に聞いてみたいぜ。その〝ぼわっ〟ていう声をよう」

「俺は別の道を行こうって言ったのに、また松つぁんが」

話しているところへ、またけたたましい下駄の音が響いた。

一膳飯屋のかみさんだ。松次郎と竹五郎が杢之助と話しているのを見かけたのだろう。この好機を見逃すはずがない。

「ちょいと、ちょいと、松つぁんに竹さん」

走り寄るなり二人にぶつかりそうになって止まり、

「あんたらきのう、湯屋で闇坂の話をしてたって？　聞いたよ。ねえ、ほんとうなんだろう。これが出たっていうのは」

両手で幽霊の真似をする。二人はたちまち迷惑そうな顔になった。このかみさんにつかまったら仕事に遅れてしまう。

「あゝ、出た、出た。ぼわっとよ」

「えっ。で、どんなに！」

松次郎が言ったのへ一膳飯屋のかみさんは目を輝かす。

「きょうも俺たちゃ鮫ガ橋だ。帰りに話してやらあ」

「そうそう、帰りに」

松次郎と竹五郎は早口に言い、立ち去ろうとする。

「きっとだよ、きっと」

かみさんが松次郎の天秤棒の紐をつかもうとしたのを、

「夕方まで待ちねえよ、おかみさん」

杢之助があいだに割って入り、二人をうまく逃がした。

「きっとだよ、松つぁんに竹さん。素通りしないでおくれよねー。それに今年も餅つき、頼むねーっ」

一膳飯屋のかみさんは往来の者がふり返るような大きな声を二人の背に浴びせ、

「おぉう。餅つきはあしたからだ」

松次郎がふり返って応えた。

往還には杢之助とかみさんだけが残った。

「ほらごらんよ。杢さん、きのう鼻にも引っかけなかったけど、やっぱり出たんだ。あたしゃ嘘なんかつかないから」

「そうらしいなあ。それよりもほれ。朝のお客さん、また入ったようだぜ」

「あらいやだ。こんなとこで話し込んでいる暇ないんだ」

一膳飯屋のかみさんはくるりと小太りの身を返し、また店のほうへ下駄の音と土ぼこりを立てて行った。

(やれやれ。きょうは松つぁんと竹さん、一膳飯屋の前、無事に帰れそうにないや)

溜息をつきながら木戸番小屋に戻った。

つぎに響いたのは、軽やかな下駄の音だ。長屋の路地から、おミネだ。

以前なら朝の五ツ(およそ午前八時)すこし前に、

『おじちゃーん』

と、太一の元気な声が木戸番小屋に飛び込み、そのすぐあとをおミネが駈けて街道に出ると、

『ほらほら、気をつけて。馬、馬。ほら、大八車も!』

と、向かいの麦ヤ横丁に走り込む太一の背に声を投げていたものである。手習い処の始まるのが朝五ツなのだ。

だがいまはもう太一は奉公に出て、

「杢さーん。きょうもご機嫌よう」

と、おなじ時分におミネの声だけが入ってくる。

清次の居酒屋は場所柄、夕刻時分には内藤新宿へくり出す嫖客《ひょうかく》が来るが、朝のこの時間には旅に出る者やその見送り人らのため、日の出時分から軒端に縁台を出し、一杯三文の茶を出している。旅の見送りは四ツ谷大木戸までというのが一応の相場になっており、その近くでの縁台でちょいと座ってお茶というのがずいぶん重宝がられている。そのお茶の番を、おミネが志乃と交代するのだ。

「おうおう。きょうもご苦労さんだなあ」

下駄をつっかけ、外へ出て木戸を出るおミネを見送るのも、以前と変わりはない。

(おう、そうだ。いまから金兵衛さんに)

杢之助は木戸番小屋に引き返し、七厘を持って出てきた。また清次の居酒屋に預けるのだ。火が入ったばかりだから、まだ熱くない。

「ちょいと麦ヤ横丁に野暮用でなあ。七厘、また頼みまさあ」

店に出たばかりのおミネに頼み、街道を横切った。おミネがいつも太一に注意していたように、陽光を受けた街道はすでに人も大八車も荷馬も出て、とっくに一日が始まっている。杢之助の声が聞こえたか、調理場でお茶を沸かしていた清次が顔をのぞかせた。

金兵衛の質屋と真吾の手習い処は、麦ヤ横丁の通りから枝道に入ったところで、質屋はいずれも将棋《しょうぎ》の駒の形をした看板を出している。将棋の駒は王将と金将以外の六種は、敵陣に入ると裏返して金《きん》になることから、〝入ると金《かね》になる〟という判じ物というより、洒落《しゃれ》に近い看板だ。湯屋が弓に矢をつがえた形の看板を出し、〝弓射《ゆみい》る〟を〝湯入《ゆい》る〟にかけているのと似ている。

その枝道に入ると、ちょうど真吾の手習い処には手習い子たちがつぎつぎと入っている時刻で、

「おはようございます、お師匠」

「お師匠、きょうもよろしく」

男の子や女の子たちの声が聞こえてくる。

手前の質屋は看板と暖簾はすでに出しているが、店の前は静かだ。質屋ではこ

んな早くから客は来ないのだろう。

「ごめんなすって」

訪《おとな》いを入れると、

「えぇえ！　向かいの木戸番さん。あんたが、まさか」

番頭が目を丸くして迎えた。

「いや、そうじゃなくて……」

と、用件を言うと金兵衛はすぐに出てきて、

「これは杢之助さん。おかげで助かっておりますよ」

と、辞を低くして迎えた。真吾のことだ。隣の家作が手習い処になっていると店の信用にもつながるし、それになによりも真吾は町全体だけではなく、質屋の用心棒代わりにもなっているのだ。

商いの性質上、困った客も多い。鈍刀《どんとう》を持ってきて名刀だと言い張る旗本や、単に古いだけの茶碗を名器だと言って譲らない浪人もいる。押し売りならず押し借りである。そういうときは番頭がすぐ隣へ真吾を呼びに行くのだ。威嚇には威嚇をということか、それで押し借りは看板どおりの金にはならず、ありきたりの捨て台詞《ぜりふ》を吐き、すごすごと帰っていく。

杢之助と金兵衛は店場に座り込んでの話になった。話の内容から番頭も横に来て座った。

金兵衛も番頭も、闇坂の〝ぼわっ〟というのはすでに聞いて知っていたが、きのう松次郎や竹五郎が語ったほど詳しくは知らなかった。

そこで杢之助の口から同業の名が出ると、

「あゝ、銀蔵さんですか」

「あの鮫ガ橋の……銀質ですか」

と、金兵衛も番頭も困惑した表情になった。

「どういうことですかい」

杢之助は問いを入れた。

組合仲間に登録し、お定書のとおり請人《うけにん》のいない者から質は取らず、質草をながしていいのは八カ月を過ぎてからで、利子は銭百文につき月利三文以内で商っているのを定質《じょうびち》といった。

もちろん金兵衛の店は定質で、品定めも厳しく、多くを借りたがる客には、

「――返すときにお困りでしょう」

と、逆に相手の身を思いやるなど、渋いというか手堅い商いをしていた。それ

だから〝石頭〟などと言われているのだ。

このほか脇質《わきびち》といって、放蕩《ほうとう》息子あたりが出先で着物を脱いだり、家の物を持ち出してきたりしたのでも、請人なしで質に取る質屋もあった。いわゆるモグリで、こういうところは期限がおよそ一月《ひとつき》で利子も高かった。質屋でいざこざが起きるのは、およそこうした脇質だった。

さらに期限が五日からせいぜい十日ぐらいと短期の質屋もあった。暖簾も出さず、賭場《とば》などから大急ぎで駈け込むのなどを相手にし、下質《したびち》といった。もちろん脇質も下質もご法度破りである。

「あの鮫ガ橋のお人、将棋の駒の看板は出していなさるのですが……」

番頭が遠慮気味に言った。将棋の駒の看板には質屋仲間の焼印が捺《お》され、これが定質の証《あかし》となっている。

「ところがお定書を守らず、脇質や下質まがいのことをやっている……と?」

「いえ。もっと非道《ひど》いことを……」

李之助が入れた問いに、番頭はさらに言いにくそうに応えた。

「たとえば?」

「十一《といち》も顔負けの金貸しまがいというよりも、高利の金貸しそのものですよ」

さらに問う杢之助に、こんどは金兵衛が応えた。

十一とは、急な入用の者に十日で一割などといった法外な利息で融通し、一両を借り数カ月後には利息を含め返済が十両近くにもなる無法な金貸しのことである。

金兵衛も応えたので、番頭は安心したように話し始めた。

「なんの価値もない茶碗や鈍刀や古着などに法外な値をつけて貸し、十一まがいの証文を書かせるのです。借りるほうもうまくいったとホクホク顔で書くのです。借りるほうも借りるほうなのですがね」

「そのとおりです」

金兵衛が肯是《こうぜ》のうなずきを入れ、番頭はさらにつづけた。

「そのあとの取り立てが非道いのですよ。借りた人はもともと法外な金子《きんす》を借りたのですから、期限に返せるはずがありません。最初は銀蔵さん、親切ごかしにつぎつぎと期限を延ばすのです。それで借りたほうは大喜びし、気がつけば返済額が元の四倍にも五倍にも膨れ上がっており、蒼くなるのです。そこへ過酷な取り立てを始めるのですよ。若い者がその人の家へ連日押しかけて喚きちらすのは序の口で、家財を持ち出したり娘を遊郭に売れと迫ったり……。実際、そうなっ

よ」

「雇うよりも、銀次郎《ぎんじろう》さんという息子がいましてねえ。これがやくざ者なんです

た例もあるのです」

「取り立ての若い者《の》って、やくざ者でも雇っているのですかね」

「息子が？」

「はい。他人の悪口はよくありませんが、あの親にしてあの子ありでしょうか。子供のころは手習いにも行って、おとなしい坊《ぼん》だったのですがねえ」

　また金兵衛が溜息まじりに言った。

（なるほど松つぁんや竹さんが言っていた、一家離散や首を括った者までいるという町の噂は、大げさではなかったようだ）

　李之助は確信を持った。

　ここでも、

「闇坂の〝ぼわっ〟とした声、名指しされたのが銀蔵さんだけなら話も分かるが、もう一人、桶屋の庄兵衛さんですか。直接は知りませんが、まじめ一徹な人のようだねえ。その人まで名指しされたというのは解《げ》せませんなあ。もちろん、幽霊を信じるわけではありませんが」

「いえ、旦那さま。銀蔵さんになら出てもおかしくありませんよ。むしろ出て欲しいくらいです」

「これ、これ」

「は、はい。ですが……」

金兵衛と番頭の会話になり、一徹者といわれる人にも〝ぼわっ〟とした声が聞こえたのが、〝解せぬこと〟としてこの場でも話題になった。

「いっそのこと、榊原さまにお願いし、真相を確かめてもらいましょうか」

番頭がまじめな顔で言ったのへ、

「物盗りが出たというのならすぐにでもお願いしようが、幽霊じゃねえ。近くの坊さんのほうが……」

「あはは、幽霊と決まったわけじゃありませんよ。本当にお出ましを願うことになるかもしれませんや。ともかく、もうしばらくようすを見てみやしょう。なにかまた動きがあったらお知らせしますよ」

金兵衛が返し、杢之助もつないで腰を上げた。顔では笑ったが、目は笑っていなかった。これが事件となって左門町にまで飛び火することを、杢之助は秘かに恐れているのだ。

五

木戸番小屋に焼き芋や荒物を買いに来る町内の顔見知りで、闇坂の〝ぼわっ〟を話題にするおかみさんや隠居が幾人か出始めた。

「そうらしいねえ」

と、李之助は適当に応えていたが、

「出たんだって、これが」

と、手で幽霊の仕草をし、真剣な表情になる住人もいた。

噂は左門町にもきのうきょうでけっこう広まったようだ。最初に一膳飯屋のかみさんの耳に入ったのでは、それも当然だろう。

だが、声だけではなく〝出た〟という話には、

「えっ。本当にですかい」

と、李之助は逆問いを入れたが、そこから話は前に進まなかった。

麦ヤ横丁の金兵衛には〝動きがあれば〟と言ったが、実際に新たに〝ぼわっ〟の声を聞いた者でも出ない限り、推測の進めようがない。

（松つぁんと竹さんが帰ってきて、鮫ガ橋で新たな話がなかったなら、この噂もうやむやのまま立ち消えかな）

とも思えてくる。あしたから松次郎と竹五郎は町内の餅つきを始め、その音と人の動きに、町全体が年末の慌ただしさのなかに入るのだ。誰も幽霊どころではなくなるだろう。

陽がかなり西にかたむき、一膳飯屋も清次の居酒屋もそろそろ夕の仕込みに入ろうかといった時分になった。鮫ガ橋では松次郎がどこかの角でまだふいごを踏み、竹五郎はいずれかの商家の裏庭で羅宇竹をすげ替えていることだろう。

「やあ、杢之助どの。きょう朝方、隣の金兵衛さんのところに来たそうだねえ。番頭さんから聞いたよ」

と、榊原真吾がふらりと来て腰高障子に音を立て、杢之助は急いで荒物を動かして座をつくった。

「幽霊の話、手習い子たちもけっこう話題にしていたよ」

言いながらすり切れ畳に腰を下ろした。

真吾は町内に出歩くとき、髷は月代《さかやき》を伸ばした百日髷《ひゃくにちまげ》で浪人と一目で分かるが、特別な場合でない限り着ながしに刀を帯びず、町内の誰とでも気さくに言葉を交わす。いまも無腰だ。

それに真吾は、李之助をただの木戸番人ではないと見抜いており、だから呼ぶときには〝どの〟をつけている。

「——その呼び方、よしてくださいまし」

と、李之助は幾度か言ったが、

「——李之助どのは李之助どのでいいではないか」

と、一向に改まらなかった。それでいて、

「——人はさまざまです」

と、李之助の以前や周辺を詮索するようすなどまったくなかった。

真吾自身にも、浪人になったのには相応の理由はあろうが、李之助は現在《いま》の真吾とのつきあいを大事にし、過ぎた歳月に興味を向けることはなかった。そこに双方とも、気の置けないものを感じあっているのだ。

「あはは。やはりお聞きなりましたか。まったくもって、みょうな話でして」

話題はさっそく闇坂の話になった。そのために真吾は来たのだ。

「そう、奇妙な話です。だがねえ、あの場所柄から、これまで幽霊話の一つもなかったほうが不思議じゃないかね。けしからん話ではあるが」

と、真吾は〝ぼわっ〟とした声を、人のいたずらと解釈しているようだ。

「はい、まったくけしからんことで」

杢之助も同調はするものの、

「ですが鮫ガ橋の銀質の銀蔵旦那とやら、聞けば金兵衛さんとは違い、人のためになる質屋さんじゃないようで」

「俺も聞いた。そこがどうも気になるところです。声だけのいたずらだけで終わればいいのだが」

話しているところへ、志乃かおミネから真吾が街道に出てきて左門町の木戸に入ったと聞かされたのか、

「これは旦那。やはりここでしたか」

と、清次が顔を見せた。

清次には麦ヤ横丁からの帰り、預けた七厘を受け取りに立ち寄ったとき、銀蔵の阿漕なことなどを詳しく話した。それが清次の心配を呼んだようだ。

清次がうしろ手で腰高障子に音を立てて閉めた瞬間だった。

またけたたましい下駄の音だ。

（来たか）

三人は一様に思い、互いに顔を見合わせた。

清次はまだ三和土に立ったままだ。

下駄の音が止むと同時に案の定、

「お師匠と清次旦那がここへお集まりになるのをちらと見ましたので！」

一膳飯屋のかみさんだ。息せき切って言う。

「ねえねえ。これからみなさんで闇坂へ⁉　あたしも行きますよう。手習い処のお師匠が一緒なら恐いものなしさね」

腰高障子を開けたまま片足だけ三和土に入れ、一方的にしゃべる。中に踏み込まないように清次が立ちはだかっているのだ。ここで銀蔵の悪徳ぶりがかみさんの耳に入れれば、たちまち首を括った人の祟りなどと話がつくられ、きょう中に左門町はおろか両隣の塩町と忍原横丁、向かいの麦ヤ横丁にまで伝搬するだろう。

かみさんは前を清次にさえぎられたまま首を左右にまわし、真吾が無腰で刀がどこにもないのを見て、

「あれれ、お師匠。刀を手習い処に置いてきなさったか」

「あはは、おかみさん。幽霊に刀など効くものかね」

杢之助がからかったのへ、

「えぇえ！　やっぱり幽霊、出たんだ。恐ろしいよう。どうしよう、どうしよう」

威勢よく言ったのと矛盾するが、かみさんは真剣な表情になっている。

話が長引きそうだ。

腰高障子が開いたままだから、清次からは外がよく見える。通りを行く人の影がかなり長くなっている。

「おう、おう。もうこんな時分だ。早く夕の仕込みに入らなきゃ」

「あっ、そうだ。うちは仕込みの途中だったんだ」

清次の押し出そうとする仕草にかみさんはくるりと向きを変え、

「あゝ、忙しい、忙しい。松つぁんと竹さん、早く帰ってこないかねえ」

ふたたび通りへ下駄の音を響かせた。清次も外に出てまた入るわけにもいかず、一膳飯屋のかみさんを追い返すために来たようなかたちになった。実際、一膳飯屋も居酒屋も夕の書き入れ時にそなえ、これから忙しくなる時間帯なのだ。

「ふーっ」

杢之助はすり切れ畳の上で大きく息をついた。

真吾も苦笑しながら、

「あのおかみさん、相変わらずだねえ。松つぁんと竹さんがどうのと言っていたが」

「はい。きのうきょうとつづけて闇坂を下り、鮫ガ橋で商っているのですよ。新しい噂があれば拾ってきてくれと頼んでありやしてね」

「ほう。あの二人が集めてくれれば、鮫ガ橋のようすが詳しく分かるだろう」

と、真吾も鋳掛屋や羅宇屋が町の噂を耳に入れやすいことを知っている。開け放されたままの腰高障子のすき間から外を見て、

「早ければあとしばらくで帰ってこようかな」

「このままここでお待ちになりやせんか。新しい噂がなければいいのですが」

「ふむ。そうだな」

真吾はふらりとようすを見に来ただけだったのが、一膳飯屋のかみさんの飛び入りで、そのまま松次郎と竹五郎の帰りを待つことになった。


そのころ松次郎と竹五郎は、積極的に噂を集めていた。

ふいごのまわりに集まって来た女衆に、

「ほかに幽霊の声を聞いたお人などいやせんかい」

訊くと返ってくるのは、

「いないよねえ」

「聞いても、黙っているのかもしれないよ」

長屋のおかみさんや商家の女中衆は話し、

「桶屋の庄兵衛さん、案外どこかで人の恨みを買っているのかもしれないよ」

「まさか、あの実直な親方が。でも、分からないよねえ」

などと女衆同士で額を寄せ合い、話はあらぬ方向に進み、質屋の銀蔵に対してはさらに額を近づけ、

「銀蔵さんさあ、ありゃあきっと呪い殺されるよ。いい気味さね」

などとささやき合っている。

竹五郎も商家の裏手の縁側で、

「銀質め。そりゃあ、あんなのから借りるのが悪いって言えばそれまでだが。切羽詰まったときにゃ、まあ、な」

と、隠居が声をひそめ、別の縁側でも、

「庄兵衛さんねえ。どんな声を聞いたのか、あの人もなにか恨みを買うようなことをしていたのかねえ」

と、聞かされるなど、桶屋の庄兵衛にとってははなはだ気の毒な噂を耳にする

ようになっていた。

松次郎も竹五郎も、帰りも闇坂を通ると言えば、

「気をつけなよ。あんたら善人だってことは見りゃあ分かるけど、庄兵衛さんのようにどこでどう人の恨みを買っているか知れないからねえ」

などと忠告めいたことを言う者もいた。

松次郎などは鉄床《かなとこ》にガンと大きな音を立て、

「へん。あっしなんざ皐月《さつき》の鯉《こい》の吹き流しでえ。腹に一物もありやせんぜ。人さまから恨まれるなんざ、あるわけござんせんよ」

と、啖呵《たんか》を切っていた。

竹五郎も商家の隠居に、

「もちろん、やましいところなんぞありませから、あそこの坂道、何回通っても大丈夫ですよ」

などと言っていた。

結局二人は帰りも闇坂を通らねば格好がつかなくなってしまった。

陽はもうかなり西の空にかたむいている。

松次郎も竹五郎もきのう請け負った仕事だけだったので、いつもより早く帰り

支度に入った。

六

木戸番小屋では、

「松つぁんや竹さんが聞いた噂では、〝ぼわっ〟とした声というが、そのほかに特徴はなかったのかね」

真吾はそれを人工的なものと解釈し、声というか音の特徴を訊いていた。

「そういやあ、〝刺すような〟声とも言ってやしたねえ」

「〝ぼわっ〟として、〝刺すような〟声か。難しいなあ。あの坂道を通っていた者の名を呼んだというのだから、人間の声には違いないと思うが」

「儂もそう思いまさあ。人間の声に違《ちげ》えねえ、と。おっ、外の人の影の長さ、日の入りが近うございますよ。もうそろそろ松つぁんと竹さんが……」

「ふむ」

杢之助につづいて、真吾も腰高障子のすき間から外へ視線をながしたときだ。

不意におもてが騒がしくなった。

聞こえた。

「おぉう、松つぁん。どうしたい！　竹さんまでっ」

「出たーっ。出やがったんだあっ」

「お、俺と松つぁんの名を呼んだんだあ！」

近所の聞き覚えのある住人の声に、松次郎と竹五郎が応え、そこへ竹五郎の道具箱の音が派手に重なっている。

天秤棒の紐を強く握り、また背の道具箱に両手をまわして持ち上げ、二人は闇坂から忍原横丁の自身番の前も走り抜け、左門町まで駈け戻ってきたのだ。

数人の者が、

「出たって幽霊がかあ」

叫びながらつづいている。

「えぇぇえ？」

真吾は立ち上がり、杢之助も三和土に飛び下りた。

木戸番小屋の前で松次郎は天秤棒を投げ下ろし、竹五郎も背の道具箱をはずしながら、二人ほとんど同時に三和土へ飛び込んできた。

「おぉう、榊原の旦那！」

真吾がそこにいたのを心強く感じたか、松次郎はホッとしたような声を上げた。

木戸番小屋の前はすでに人だかりができている。

狭い三和土に四人が焼き芋の七厘を挟んで立つかたちになった。

「どうした！　松つぁんに竹さん」

杢之助の言ったのへ松次郎と竹五郎は交互に、

「出た、出たんだ。聞こえた、上のほうから」

「ぼわっとした声が」

「俺たちの名を」

「――まーつじろーっ、たーけごろーっ」

と、数度、呼んだという。

もちろん闇坂である。

最初に呼ばれたとき二人は立ちどまり周囲を見上げたが、樹々の枝が隧道のように覆いかぶさり、それらの擦れる音ばかりでなにも見えない。

「――い、行こうぜ、竹」

「――うん」

松次郎は天秤棒の紐をつかんでぶるると震わせ、竹五郎は背の道具箱にガチャりと音を立て、上り坂にふたたび歩を進めた。

「――まーつじろーっ、たーけごろーっ」

また聞こえた。

ふり返った。暗い。

「――やい！　誰だ！　出てきやがれっ」

張りのある声を上げた。松次郎だ。

声は止んだ。

「――ま、松つぁん」

「――き、気味が悪い。帰るぞ」

「――う、うん」

二人は上り坂へ小走りになった。

背後から、また聞こえた。

善人でも、

「――どこでどう人の恨みを買っているか……」

鮫ガ橋で聞かされたばかりだ。二人は顔を見合わせ、さらに走った。

坂を上り切り、あとは一目散だった。

「で、どんな声だった」

「だ、だから、ぼわーっとした」

真吾の問いに松次郎が応え、竹五郎も、

「それでいて、刺すようなっ」

「おーっ」

敷居の外の人だかりから声が上がった。ほとんどが町内の顔見知りたちだ。街道おもての居酒屋からは騒ぎを聞き清次に言われたか、おミネが人垣に混じっていた。飲食の店はいずれもちょうど夕の書き入れ時で、一膳飯屋のかみさんは二人が走り去るのを見落としたようだ。だが、騒ぎを聞きつけないはずはない。

「松、竹。それで声はどうした。追いかけてきたか」

「い、いえ。それだけでござんした」

「坂を上り切ると、あとはもうなにも」

真吾の問いに二人は返した。

「杢之助どの、行くぞっ」

「承知」

真吾と杢之助はうなずきを交わすなり草履《ぞうり》と下駄を三和土に脱ぎ捨て、着物の裾《すそ》を尻端折に足袋跣《たびはだし》で外へ飛び出した。

「おおぉう」

「あれれれっ」

人垣の男も女も道を開けた。

「あ、おミネさん。七厘の始末、お願いしまさあ」

「はいっ」

「お、俺たちも行くぜっ」

松次郎と竹五郎もあとにつづいた。松次郎は天秤棒を手にしている。

野次馬となった町内の者が追いかける。

「おぉ、危ねえ！　振りまわすねえっ」

「なに言ってやがる。おめえのほうから離れろいっ」

一緒に走る町内の乾物屋のおやじが言ったのへ、松次郎はやり返した。

町内の野次馬の数も声も増える。

「出たっていうぞ！」

「それも松と竹によっ」

一膳飯屋のかみさんはおもてに飛び出ていた。大勢の先頭に真吾と杢之助が駈けてくる。

「わっ」

かみさんは一声上げ、すぐさま店に飛び込みすぐまた出てきた。

「お師匠っ、杢さんっ。これっ」

「おうっ」

「ありがてえっ」

二人とも受け取った。

きのうは木戸番小屋に下駄の音を響かせ杢之助にからかわれたが、きょうは真吾が無腰で来ているのが気になっていたのだ。真吾には心張棒《しんばりぼう》を、杢之助には調理場の擂粉木《すりこぎ》を渡したのだった。

「おかみさん、気が利くぜ」

「へん。町のためさ」

町内の八百屋のおやじが言ったのへ、かみさんは返した。一緒に走りたいのだろうが、小太りに着物姿では一群の速さについて行けない。しかも店は書き入れ時だ。それでもすでに遠ざかった一群を十数歩追いかけ、

「ふーっ」

立ちどまって息をつき、

「大変、大変。忙しい、忙しい」

言いながら店に駈け戻った。おそらく真吾らの帰りを店の前で待ち構えていることになろうか。

一群は寺町と町場の境の往還を駈けた。昼間でも人通りの少ないところへ夕刻に大勢が駈けているなど、これだけでも事件だ。しかも先頭の真吾と杢之助は着物を尻端折に心張棒に擂粉木を持ち、松次郎は天秤棒だ。

「えぇえ！　こんなに大勢で!?」

忍原横丁の自身番から町役や書役《かきやく》たちが飛び出てきた。

さっき松次郎と竹五郎が走り過ぎて行ったのをなにごとかと首をかしげていたのだ。

あたりはすでに陽が落ち、暗くなりかけている。

「坂道に幽霊!?　あそこはもう真っ暗ですぞ」

と、自身番の弓張提灯《ゆみはりちょうちん》に火を入れ、一緒に走る町役もいた。

「えっ。お岩さんじゃないのかい」

と、忍原横丁からも幾人かが加わった。四谷怪談のお岩さんを祀《まつ》ったお岩稲荷《いなり》は、この自身番のすぐ近くなのだ。

忍原の自身番を過ぎれば、闇坂はすぐそこだ。

七

全体の薄暗くなったなかに、さらに暗い隧道が口を開いている。この時分になると初めて通る者には、中が上に向かっているのか下へつづいているのかも分からない。

一同は入口付近でとまった。威勢のいい声も無駄口も聞こえない。このさきで〝幽霊〟の声が聞こえたのだ。

「榊原さま、それに杢さんも、これを」

ついて来た自身番の町役たち二人だ。弓張提灯を差し出した。

「うむ」

真吾と杢之助は受け取った。親切ではなく、下手に灯りを持っていて先頭に立たされるのが恐かっただけだ。町役二人は手ぶらになると、人をかき分けそそくさとうしろのほうへまわった。

「よし、行くぞ。松つぁんに竹さん。声が聞こえたのはどのあたりだ」

「へ、へい。坂道のなかほどで。案内しやす」

「お、俺も」

人数はそろっている。それに真吾がいる。松次郎が一歩進み出て、竹五郎もそれにつづいた。

真吾と杢之助の提灯の灯りを先頭に、松次郎と竹五郎がつながり、そのあとへ大勢が足元に気をつけながらつづいた。

「確か、このあたりでやした」

「そお、このあたり」

松次郎と竹五郎が言ったのは、坂のおよそ中ほどだった。

「ふむ」

真吾と杢之助は提灯を上にかざした。弓張提灯はぶら提灯と違って手に固定するので、こうしたときには扱いやすい。だが、ぼんやりと見えるのは、覆いかぶさっている樹々ばかりだ。すでにそこには、一点の空の明かりもない。

かすかな風に樹々の揺れる以外、動きはなにもない。ついて来た面々は、身を寄せ合い固唾《かたず》を呑んでいる。

「最初に声を聞いたのが、このあたりかい」

「そ、そう」

李之助の問いに竹五郎が応えた。

「ほ、ほんとに、出たのかい。松に竹よ」

野次馬のなかから上ずった声が飛んだ。

「あゝ、出たとも」

松次郎は返し、

「やいっ、幽霊！　出てきやがれっ。俺と竹に、なんの恨みがあるってんだ」

「そ、そうだともっ」

暗い空洞に大声を投げ、竹五郎もつづけた。

反応はない。風のかすかな音ばかりだ。

「それで松つぁんに竹さん。次に聞こえたのはどのあたりかなあ」

「こっちでえ」

また李之助が訊いたのへ松次郎が応え、もと来た道を返した。一群も二張《ふたはり》の提灯に合わせてぞろぞろと移動する。

ほんの十数歩のところで松次郎と竹五郎は立ちどまり、

「このあたりだったなあ」

「そお、そんな感じだった」

「それで声はどの方向からだった。前か後か。それとも真上だったか」

訊いたのは真吾だった。

「えーっと」

「うしろからでやした。そお、さっき聞こえたあたりから」

「なるほど」

「うむ」

杢之助が応じ、真吾もうなずいた。

二人はなにかを確信したようだ。

杢之助が真吾にそっと言った。

「こうも派手に来たんじゃ、出るものも出ねえでしょう」

「そのとおりだな」

二人の声は、まわりには聞こえなかった。

「さあ、帰るぞ」

真吾の号令するような口調に、ふたたび二張の提灯を先頭に一同はぞろぞろと坂を上りはじめた。

「やい、松に竹。本当に出たのかい。風の音にびくついただけじゃねえのかい」

背後から声が飛んだ。町内の金物屋のあるじだ。

「なにい」

松次郎がふり返り、

「おめえら野次馬が大勢つながって来るから、幽霊がびっくらこいて逃げちまったのよ。こんどおめえ、一人で通ってみろやい」

「…………」

返ってくる言葉はなかった。ただ大勢の息づかいと足音のみが聞こえる。みんな、恐ろしいのだ。

自身番の前に来た。左門町のおかみさん連中が三、四人、心配だったのかぶら提灯を持って亭主たちを迎えに来ていた。おかげで弓張を自身番に返しても、灯りの数は増えた。女房衆が自身番で足を止めていたのは、やはり怖かったからだろう。

「どうだった。出たりしないよねえ」

一行に向かって訊いたのは、金物屋のおかみさんの声だった。返す声がない。その一群は、期待外れとホッとした思いが入り混じった、奇妙な雰囲気を漂わせている。

ながれ解散か、一行は左門町の住人のみとなっていた。

左門町の通りでは案の定、一膳飯屋のかみさんが待ち構えていた。お目当ては杢之助や真吾よりも、松次郎と竹五郎だった。

街道おもての居酒屋と違って、枝道の一膳飯屋は灯りを点《つ》けてまで商うことはないが、きょうは店先が明るかった。

一行が近づくとかみさんが下駄の音を響かせた。

「待っていたよ。松つぁんに竹さん。晩ご飯、まだだろ？　あたしのおごりさ」

「おぉう、すまねえ」

松次郎と竹五郎は乗った。二人にただめしを喰わせても損はない。

「おう。俺たちも喰っていくぜ」

六、七人がついて入った。さきほどからのもやもやした気分を、松次郎と竹五郎から詳しく聞いて吹き飛ばしたいのだろう。一同はついて走っただけで〝幽霊の声〟の話を、まだ詳しくは聞いていないのだ。

李之助と真吾は擂粉木と心張棒を返し、

「持っているだけで心強かったよ」

「使わずにすんだのだね。よかったあー」

〝幽霊の声〟にどうやって使うのか分からないが、かみさんは真吾から礼を言われ嬉しそうに言った。

二人は苦笑しながら木戸番小屋に戻った。

おミネが留守居をしていた。荒物はきれいにかたづけられ、七厘には炭火だけが残っており、松次郎と竹五郎の商売道具は三和土に取り込まれていた。

「清次旦那に言われておりましてねえ。すぐ簡単な夕飯、持ってきますから」

急いで店に帰り、李之助と真吾は足袋の裏をはたいてすり切れ畳に上がった。

お茶の用意がすでにしてある。

「おミネさん、まるでここの女房どののようだなあ」

「よしてくだせえ。あっしはただ……。それよりも榊原さま」

李之助は言いかけた言葉を呑み込み、すぐ本題に入った。

「うむ」

真吾は応じた。二人の念頭にはいま、おなじものがあるのだ。

「やっぱり人の声でやしたねえ。それも木の上に登って」

「そのとおりだ。一人ではあるまい。梯子《はしご》をかけ、登ってから取り込む。お寺の裏手だから、隠しおく場はいくらでもあろう。二人がかりかな。多くても三人は出まい」

「そのようで」

腰高障子が動き、おミネが盆と提灯を器用に持ち、夕飯を運んできた。お客が少ないのか、おミネはしばらく話し込んでいった。やはり気になるのだ。大勢で押しかけ心張棒も擂粉木も使わずにすんだことは、このあとすぐ清次に伝わるだろう。

中断した話が再開された。

声は一カ所からのみ聞こえ、上空をふわりと飛んで松次郎や竹五郎を追いかけることはなかった。枝につかまっているのなら、その場から動けないはずだ。

「鮫ガ橋の者だな。質屋の銀蔵とか桶屋の庄兵衛など、土地《ところ》の者しか知らないだろうし、松次郎や竹五郎なら向こうの者が知っていても不思議はないからなあ」

「そういうことで。儂も毎朝来る豆腐屋や納豆屋は、顔も名も知っておりやすから ねえ。それにしても〝ぼわっ〟として、それでいて〝刺すような〟声っていうのが、いまひとつ分かりやせん。なにか細工していることは確かでやしょう」

「そこよ。俺も分からぬ。そんな奇妙なというか、器用な声をつくるのは」

「おっつけ松つぁんと竹さんが帰ってきやしょう。商売道具もここへ置いたままですし。もうすこし詳しく訊けば、なにか考える示唆が得られるかもしれやせん」

「そうだな。それにしてもきょうは思いがけなくも二人が大声でここへ飛び込んできたものだから、そのまま騒ぎになり過ぎた。俺と杢之助どのの二人でそっと走っておれば、心張棒と擂粉木でからめ捕ることができたかもしれぬが」

「まったくで。ひょっとすると、あのときまだ白壁の向こうに潜んでいたかもしれやせんぜ」

言っているところへ、腰高障子に音が立ち、

「へへ。すっかり御馳《ごち》になっちまった。おっ、旦那。まだいらっしゃったんですかい。きょうはありがとうございやした」

「ほんと、旦那が一緒だったから、俺、現場へ戻ることができたんだ」

言いながら松次郎と竹五郎が敷居をまたいだ。すこし酒も入ったようだ。これほどの騒ぎになったのだから、一膳飯屋のかみさんならずとも、あしたは逆に鮫

ガ橋へ噂が押し寄せ、

『えぇえ？　あの左門町から来る鋳掛屋と羅宇屋まで⁉』

『どういうことだね？』

と、住人たちの舌頭に乗ることだろう。そこにどのような尾ひれがつくか、ちょいと心配だが……。

二人は三和土に立ち、

「さあ。きょうのことはきょうのことで、あしたから餅つきだ。忙しくなるぞう」

「俺、まだよく分からねえ。あの声、いまも耳から離れないんだ」

切り替えの早い松次郎に、竹五郎はなおも浮かぬ顔のまま、言いながら三和土にしまい込まれていた商売道具に手を伸ばそうとするのへ杢之助が、

「待ちねえよ。その声のことだが〝ぼわっ〟と〝刺すような〟と、ほかになにか特徴はなかったかい」

「そういわれても、やっぱりぼわっとして、それでいて刺すような……」

「そう、そういやあ」

松次郎に竹五郎がつないだのへ、

「なにかほかに感じるものがあったか」

真吾がうながし、杢之助も視線を竹五郎に向けた。

竹五郎は一呼吸ほど間を置き、

「そのー、ぼわっとして、もちろん刺すような感じもしやしたが、なんだか声に幕が張っているような……それでいて張りのある……そう、松つぁんの声のようなな」

「ん？　声に幕が張っている？」

杢之助は思わず問い返した。

「なにをわけの分からねえことを言ってやがんだ。俺の声が幽霊ってか。さあ、竹。あしたからこいつらにゃあしばし休んでもらうことになるぜ」

「おう」

松五郎と竹五郎は商売道具を肩に、腰高障子を外から閉めた。

すり切れ畳の上で、杢之助は真吾に向き直った。

「榊原さま、分かりやしたぜ」

清次が熱燗のチロリを提げてきたのは、真吾が得心した表情で帰ってからだった。

「で、杢之助さん。どう幕を引きなさるので？」

「それよ。幽霊話もここまで大騒ぎになったんじゃ、源造さんの耳にも入らあ。奉行所の同心に話してみねえ。年の瀬に人騒がせなやつとして捕縛に来るかもしれねえ。この左門町がこんなに騒いでしまったのだからなあ。そうなりゃあ、この木戸番小屋が同心たちの詰所だ」

「そ、そういうことになりますねえ」

清次はいくらか慌てた口調になった。〝取り越し苦労〟ではなくなっているのだ。

「で、どのように」

「さっそくあしたからだ。先手を打って、儂から源造さんに話を入れる。源造さんに手柄を立てさせりゃ、奉行所の同心をわざわざ左門町に連れてきたりはするめえ。それにこいつは、源造さんの手を借りなきゃ、やった野郎は割り出せねえ。それも、調べていることを対手《あいて》に覚《さと》られぬようになあ。いまなら単なるいたずらの人騒がせなやつってえ段階だから、大した手柄にはなるめえが」

「へえ、分かりやした。あしたからならここの留守居、問題ありやせんや」

「ありがたいぜ」

二人はうなずき合った。

そろそろ木戸を閉める夜四ツの鐘が聞こえてくる時分になっていた。天保六年もあと数日となった日の夜だった。

デロレン祭文

一

正月が近づいている。

すでにどの町からも、餅つきの威勢のいい音が聞こえてくる。石高の高い旗本屋敷や町場の大店《おおだな》では人数もそろっており、臼《うす》や杵《きね》もあって出入りの職人たちも手伝いに来る。これら自前の餅つきが始まるのは、十三日の煤《すす》払《はら》いが終わってからというのが、どの家でもおよその年中行事になっている。

俸禄百石にも満たない小旗本《こっぱたもと》や町場で軒がひしめき合っている町衆では、臼もなければ杵もなく、人手もない。そこで餅菓子屋に頼むことになり、これを賃餅《ちんもち》といった。餅菓子屋が注文を受け付けるのもおよそ十五日までで、その日から店の者が総出で餅つきを始める。

だがなかには、

「へへん。こちとらあ江戸っ子でえ。元旦から賃餅なんざ喰えるかい」

と、啖呵《たんか》を切るのがいる。

偏屈者でもへそ曲がりでもない。これがけっこう多いのだ。左門町などは住人すべてがそうだといってもいい。一膳飯屋のかみさんなどはその筆頭格で、おミネや志乃もその口だ。そうはいっても餅つきなどけっこう大仕事で、一軒一軒が心意気だけでできるものではない。

そこで他の町では鳶人足《とびにんそく》たちが四、五人群れて臼や杵や蒸籠《せいろう》を引っ担いで町々や長屋の路地の一筋一筋をまわり、注文を取ってその場で、

「あらよっ」

――ペッタン
とやり始める。これが始まるのもおよそ十五日からで、大晦日《おおみそか》が近づけばどの町でもいよいよ活況を呈してくる。これを引きずり餅といった。

ところがまた、町によっては相手がたとえ顔見知りの鳶であっても、

「へん。所詮《しょせん》はよそ者じゃねえか」

と、言う者がいる。

左門町では松次郎がその筆頭で、竹五郎も一緒だ。

わずか三丁（およそ三百米《メートル》）ばかりの通りの住人たちの期待はこの二人に集まる。もちろん手の空いている者がつぎつぎと手伝いに来て、左門町の通りは松次郎と竹五郎を中心に餅つき一色となる。


手習い処で榊原真吾がなるほどと得心し、清次とは〝さっそくあしたから〟と話した翌朝である。


「うーむ」

搔巻《かいまき》をかぶったまま、杢之助は唸《うな》った。

身を動かせば、薄い敷布団とのすき間から寒気が中に入ってくる。

時刻を見ようと首をまわすと、腰高障子《こしだかしょうじ》がわずかに白く浮かんで見える。日の出にはまだ間があるようだ。

この朝、外から聞こえる声で目を覚ました。

「おう、松つぁんにおミネさんも」

搔巻の中でつぶやいた。

「うちはもう火は入っているよ。おもての清次旦那のとこ、大丈夫かね」

ひときわ大きく聞こえたのは一膳飯屋のかみさんの声だったから、路地奥のいつもの井戸端からではない。木戸番小屋の、櫺子窓《れんじまど》のすぐ外からだ。

「えいっ」

杢之助は気合いとともに跳ね起き、寝巻のまま櫺子窓を開けた。まだ外は明けきっておらず、明かりが一気に部屋へ入ってくるほどでもない。

すぐ横での音に気づいたか、

「あらあ、杢さん。まだ寝てていいのに」

空の明けかけたなかに、おミネと目が合った。

「うーん。そうもいくまいよ」

まだ半分寝ぼけた声を返し、股引《ももひき》に袷《あわせ》の着物を引っかけ、白足袋を履き、いつもの木戸番人のこしらえにかかった。

毎年、木戸番小屋の横手が左門町の餅つきの場となる。木戸のすぐ内側に臼を据えるのだから、街道からの出入りをふさいでしまうようなかたちになる。それが正月の餅つきなら、誰にも文句は言わせない。

以前なら七厘《しちりん》までそこにならべていたのだが、日の入りとともに片づけなければならず、これでは時間がもったいないし風が出たときには危険だということで、いまでは清次の居酒屋と通りの中ほどの一膳飯屋が朝早くからもち米を蒸すのを請け負っている。だからおミネも小太りのかみさんも出てきているのだ。

そこに火の気がない分、木戸は人が群れていてもまったくふさいでいるわけではなく、大八車でも、

「へいっ、ご免なすって」

と、遠慮しながら通ることができる。

腰高障子に音を立てると、

「おやー、杢さん。いよいよきょうからだよ。また大晦日まで頼むね」

一膳飯屋のかみさんだ。このかみさんも頭の切り替えが早いようだ。きのうあんなに騒いだ闇坂《くらやみざか》の〝幽霊〟を話題にもしない。昨夜のうちに松次郎と竹五郎から聞くべきことはすべて聞き、話す相手もきょうからは行かなくても向こうからつぎつぎと来るからだ。

すでに臼と杵、それに蒸籠を載せる台がならんでいる。日の出のころにはおもての居酒屋と通りの一膳飯屋から、つぎつぎと湯気の立っている蒸籠が運ばれて来ることだろう。

一膳飯屋のかみさんが杢之助に〝頼むね〟と言ったのは、この期間中、木戸番

小屋が餅つき衆の詰所になるからだ。この間、すり切れ畳に荒物をならべることはなく、三和土《たたき》に七厘は出ているが載せるのは芋《いも》ではなく薬缶《やかん》だ。湯飲みはおもての居酒屋から、間もなく志乃がいっぱい持ってくるだろう。もち米を持ってきた住人がちょいと休んでいったり、すり切れ畳の上につきたての餅がずらりとならべられたりで、杢之助の居場所がなくなる。

毎年のことながら、杢之助にはそれがこよなく、

（嬉しい）

のだ。とくに今年は、

（ありがたい）

これから数日、源造を誘って〝幽霊退治〟にあたらねばならないのだ。木戸番小屋の留守居役《るすい》にはこと欠かない。

「杢さん、俺がやっとくよ」

と、木戸のそばにいた竹五郎が木戸を開けてくれた。外にはまだ豆腐屋や納豆売りは来ていないが、間もなく、

『おや、左門町はきょうからですかい』

と、いつもの顔ぶれが木戸を入ってくることだろう。

井戸端に釣瓶《つるべ》の音がしていたが、きょうはおもてのほうがにぎやかだ。

冷たい水で顔を洗い、木戸番小屋に戻った。

外がにぎやかな分、中は静かだった。といっても檑子窓のすぐ外では、餅つきの用意が始まっている。

木戸番小屋に人の出入りが始まるのは、おもてに息の合ったかけ声と軽快な杵の音が聞こえはじめてからだ。

源造を訪ねるのに、早すぎてはまだ寝ているだろう。

「さあて」

と、杢之助はすり切れ畳に胡坐《あぐら》を組み、

(骨董屋か古道具屋か、両方にあたる必要がありそうだなあ)

念頭にめぐらせ、

(找《さが》せばけっこうあると思うが)

すでに数軒、心当たりはあるが、左門町に一軒もないのが杢之助にとっては、安心材料の一つだった。

しかし、

(いや、待てよ)

東隣の忍原横丁に古道具屋が一軒、西隣の塩町でも長善寺の門前の通りに骨董屋が一軒、暖簾《のれん》を出している。いずれも規模は小さく、おやじやおかみさんたちとは顔見知りだ。

(源造さんへの手土産にしておくか)

思いながら時の経つのを待った。

二

「ちょいと近くを散歩してくるよ」

と、杢之助がふたたび腰を上げたのは、普段ならおミネがおもての居酒屋に出て、軒端《のきば》のお茶の番を志乃と交替する時分だ。

すでに松次郎の威勢のいいかけ声が聞こえ、おミネと志乃が二人がかりで蒸籠の重ねを運んできたばかりだ。

「さあ、まだ蒸さなきゃあ」

と、志乃はすぐ店に戻ったが、おミネはそのまま木戸番小屋に入り、五、六人分ほどのお茶を淹《い》れていた。

「あら、いまお茶が入りますのに」

「あはは。それは松つぁんや竹さんたちの分だろう。二人とももうすぐ疲れてここへ休みに来るだろうから」

と、杢之助は外に出て、

「精が出るねえ。いまおミネさんがお茶を淹れていたから、すこし休めば」

声をかけ、さりげなく街道に出て西へ向かった。塩町から忍原横丁、さらに四ツ谷御門前の御簞笥町《おたんすちょう》へと、かなり歩くので下駄ではなく白足袋に草鞋《わらじ》の紐《ひも》を結んでいる。左門町から四ツ谷御門までだけでも十七、八丁（二粁《キロ》弱）あり、下駄では疲れる。

長善寺は左門町から四ツ谷大木戸までの中ほどで、左門町とおなじ南方向への枝道を入った突き当りに山門を構え、往還《おうかん》はこの界隈では珍しく骨董屋が似合う、小規模ながら門前町を形成している。

杢之助が街道からその往還に入ったとき、骨董屋も周囲の商舗《みせ》と同様いま暖簾を掲げ、町のおもてが動きだしたところだった。脇道の奥から、威勢のいい声が聞こえてくる。鳶人足の一群が引きずり餅をついているようだ。

「ごめんなさんして」

李之助は暖簾を頰かぶりの頭で分けた。

「おや、これは左門町の木戸番さん」

と、塩町の骨董屋のおやじは、李之助を〝左門町の番太〟でも〝番太郎〟でもなく〝さん〟づけで称《よ》んだ。李之助が左門町ではただの木戸番人ではなく、世話好きの仲裁上手で町に安心を与えていることは、東隣の忍原横丁や向かいの麦ヤ横丁だけでなく、日ごろあまり馴染みのない西隣の塩町にも聞こえている。

李之助はそう称ばれることを喜ぶよりも、真吾から〝どの〟で称ばれるのと同様、困惑を感じている。目立ちたくないのだ。だから外へ出歩くときには、いかにも木戸の番太郎らしく手拭《てぬぐい》で頰かぶりをし、前かがみになって歩いている。

「年の瀬だからというのではないが、ちょいと長善寺の観世音菩薩さまを拝みに来ましてな。その帰りについふらりと」

実際、長善寺に参詣してから引き返し、骨董屋に入っている。

言いながら李之助は雑多にならんだ骨董品に視線を一巡させた。お目当てのものは……ない。

「おや。なにか探し物でも？」

おやじが言うので、さりげなくお目当ての品を口にすると、

「あははは。どこかで戦《いくさ》でも始まりますかな。ここに骨董の暖簾を出してから二十年近くになるが、そんなの置いたことないよ」

あるじは笑いながら返し、杢之助も、

「そうでしょうねえ。さっき山伏《やまぶし》を見かけたので、つい訊《き》いてみただけで」

と、笑いながらその骨董屋をあとにした。

街道をもと来た東へ返し、左門町の木戸の前を素通りした。餅つきの音が街道まで聞こえ、慌ただしい年の瀬を往来人に感じさせている。

忍原横丁の通りに入った。ここでも脇道から餅つきの音が聞こえてくる。

この町の古道具屋にも、それはなかった。

「えぇえ、杢さん。木戸番やめて山伏でもやりなさるか。そんなのうちに並べたことないねえ」

「あはは。ただ、あればおもしろいと思っただけで」

と、ここでも笑いながら外に出た。

ふたたび街道に出て東方向へ草鞋の歩を取った。

大八車が土ぼこりを上げて追い越し、

「おっとっと」

向かいからも走ってくる。

荷馬も馬子が轡《くつわ》を引き、急がせているように感じられる。

源造の塒《ねぐら》がある御箪笥町は、街道が江戸城の外濠《そとぼり》に突き当たるすこし手前を、左門町とは逆の北方向への枝道に入った一帯で、女房どのがそこで小ぢんまりとした小間物屋の暖簾を出している。

その枝道に入った。

太陽はもうすっかり高くなっている。

ちょうど源造が暖簾から出てきたところだった。女房が外まで見送りに出ていたから、これからどこかへ出かけるようだ。行き違いにならずによかった。

「源造さん」

呼ぶと、

「いよう、バンモク。どうしたい」

源造は暖簾の前に立ったまま、太い眉毛をひくひくと上下させた。

〝バンモク〟とは、源造の杢之助に対する独特の呼び方である。他の町の木戸番人には、〝おい、番太〟とか、〝やい、番太郎〟などと高飛車な呼び方をしている。やはり源造から見ても、杢之助は特殊なというよりも、

「――左門町は、おめえがいるから安心だぜ」

源造はよく言っている。

実際、そうなのだ。

「ちょいと話があって」

言いながら近づき、向かい合わせに立った杢之助に、

「話って。おめえ、まさか左門町にも出たっていうんじゃねえだろうなあ。これよ」

源造は両手で幽霊のふりをした。おそらく鮫ガ橋からであろう。闇坂の噂《うわさ》はこっちの方面まで聞こえているようだ。だが、松次郎と竹五郎までその声を聞いたというのは、きのうの夕方のことだ。まだ御箪笥町には入っていまい。

「そうなんだ、出たんだ。左門町《うち》の松つぁんと竹さんもそれを聞いた、と」

「なんだって！」

源造は眉毛を大きく上下させ、ぎょろ目を瞠《みひら》き、

「いまから鮫ガ橋に行こうと思ってたんだ。ま、上がれや」

店の中を顎《あご》でしゃくった。

「おまえさん、よござんしたねえ。ちょうどいいところに杢さんが来てくだすっ

て。さあ、どうぞ」

女房どのも愛想よく手で示し、先に立って入った。もう大年増だが深川の芸者上がりで、いまもその面影を残している。どの町でも嫌われているのが岡っ引の常だが、源造がこの界隈で評判がいいのは、たぶんに女房どののおかげである。

源造が眉毛を大きく動かしたのは、来たのが〝バンモク〟だったからだけではない。松次郎と竹五郎の噂の収集力には一目置き、以前から、

「――おめえら、俺の下っ引にならねえか。いい思いさせてやれるんだがなあ」

と、二人の顔を見るたびに言っている。

その松次郎と竹五郎が直接〝出会った〟というのでは、しかも知らせに来たのが杢之助とあっては、源造が食指を動かさぬはずはない。

店場の奥の居間である。

向かい合わせに胡坐を組むと、すぐに女房どのが、

「ほんと、よく来てくれました。あと一歩で行き違いになるところでした」

と、源造が言うべき礼を代わって言い、お茶を出すとすぐ店のほうへ退散した。

このあたりは志乃と似ている。

「さあ、聞こう。どんな声だったい」

源造は上体を前にせり出した。この年の瀬に幽霊話など一笑に付すのではなく、やはり岡っ引か人騒がせなけしからぬ奴ととっているようだ。

杢之助は話した。

案の定だった。源造の耳に入っているのは、銀質の銀蔵と桶屋《おけや》の庄兵衛が、――幽霊に祟《たた》られ、銀蔵がしばらく寝込んだ

という程度だったが、姿を見たのではなく、〝ぼわっ〟として〝刺すような〟声で名を呼ばれたということも聞いていた。

それに源造がこの話に興味を持ち、わざわざ鮫ガ橋まで出向こうとしていたのは、人騒がせなというだけではなく、

「質屋の銀蔵め、以前からいろいろな噂を聞いておったのだ。そのうち尻尾《しっぽ》をつかんでやろうと思っていてなあ。そこへ幽霊に祟られたの寝込んだのと、おもしれえじゃねえか。だがよ、桶屋の庄兵衛親方なあ。ありゃあできた人だ。その人までってのがよく分からねえのよ」

と、杢之助とおなじような疑問を持っていることを披露し、

「で、おめえ。わざわざそんな噂があるって知らせに来ただけじゃあるめえ。おめえのことだ。なにか手がかりをつかんだのだろう」

と、太い眉毛をひくひくと動かし、さらに身を乗り出した。

「つかんだ」

「うっ」

杢之助が応えたのへ、源造は一瞬眉毛の動きをとめ、ぎょろ目を見開き、さらに眉毛を上下させた。

「その〝ぼわっ〟として〝刺すような〟声さ。そこに竹さんがつけ加えたのよ」

「なんて」

「声に幕が張っているような、それでいて張りがある……と」

「なんでえ。ますますわけが分からねえじゃないか。まさかおめえ、それだけを話しに？　怒るぜ」

「聞きなよ、源造さん。これは噂の又聞きじゃねえ。松つぁんも竹さんも、実際に声を聞いたのだ。その二人の言うことよ。だから儂《わし》はぴんときたさ」

「なにがでえ」

「なあ、源造さん。江戸じゃ聞くことはねえが、上方《かみがた》でよ、とくに近江《おうみ》のほうだ」

「そんなとこ、俺《おりゃ》あ行ったことねえぜ。そういやあおめえ、以前は飛脚で東海道や中山道《なかせんどう》を行ったり来たりしてたんだったなあ。それがどうしたい」

「旅の雲水《うんすい》さんや山伏だ」

「行雲流水《こううんりゅうすい》の坊さんに、法螺貝《ほらがい》をブワーッと吹いている修験者かい。そんなの江戸でもよく見かけるぜ。左門町の前の甲州街道もよく通っているじゃねえか。それに、もうすぐ正月だ。門付《かどづけ》の三河万歳に春駒《はるこま》、祭文語《さいもんがた》りにお福さんなんかも、つぎつぎと来らあよ」

「それよ、それ」

「あっ、分かった。おめえ、〝ぼわっ〟とした声、法螺貝だと？」

「そう。竹さんが言った〝幕を張っているような〟それでいて〝張り〟がある声で、見当がついたのさ。近江のほうじゃ、山伏か祭文語りか知らねえが、一人が錫杖《しゃくじょう》を持って般若心経《はんにゃしんぎょう》や滅罪真言《めつざいしんごん》を誦《ず》し、そこへもう一人が誦経《ずきょう》のあい間あい間に法螺貝を吹くのじゃなくて、口金《くちがね》に口をあてて〝デンデロレン、デンデロレン〟と合いの手を入れるのさ。土地《ところ》じゃそれをデロレン祭文と呼んでいる。正月でなくてもそれが町々や村々を托鉢《たくはつ》してまわる」

「ほう、読めてきたぜ。さあ、もっと詳しく話せやい」

「おう」

杢之助はお茶で口を湿らせ、

「それの間合いが実によくって、儂は思わず状箱《じょうばこ》を担いだまま足をとめ、聞き惚れたことがある。なんだか気がうきうきしてよ、聞いているだけで元気が出てくるような気がしたぜ」

「おめえの元気など、どうだっていい。それで、その法螺貝がどうしたって？」

「そこよ。ときには〝デロレン〟だけの法螺貝が、口金に口をあてたまま念仏を唱えることもあるのよ。ところが法螺貝じゃなにを誦しているのか聞き取れねえ。ただなにかありがたい経文らしいということしか分からねえ。それがまた抑揚があってなかなかいいのよ。そのときの声が……」

「なるほど、それでなにか喋《しゃべ》ったんじゃ、幕が張っているみてえでうまく聞き取れねえ。それに法螺貝なら音だけは張りがあって……。そうそう、ぼわっとしていても刺すように感じるかもしれねえ。ふむふむ、ふーむ。てめえの名を呼ばれただけなら、聞き取れるかもしれねえ。それも不気味さをもってよ」

「そういうことさ。源造さん、勘がいいぜ」

「こきやがれ。おめえに褒められる筋合いなんぞねえぜ」

「あはは。だからよ、やった野郎を找すには……」

「おっと、それ以上言わなくってもいいぜ。おい」

「はいはい、おまえさん」

源造が廊下越しに店のほうへ声を投げると、すぐに女房どのの足音が聞えた。

廊下から明かり取りの障子が開けられると、

「義助《ぎすけ》と利吉《りきち》を呼べ。いますぐだ」

「はいな。店のほう、お願いしますね」

女房どのは源造に言われ、すぐ店場から小走りに外へ出た。

御簞笥町からすぐ近くの町の炭屋と干物屋の息子で、若旦那といわれるほどの店構えではなく、ともに今年二十歳になる次男坊でいわば家の厄介者だが、けっこう目端が利き、源造について下っ引になりたがっている仲良しの二人だ。というよりも、すでに源造の使い走りをしており、杢之助に用事があるときなどは、このどちらかが左門町に走ってくる。

「つまりよ、バンモク。この四ツ谷界隈で骨董屋か古道具屋を総当たりし、最近法螺貝を買ったやつがいねえか調べりゃいいってわけだろう」

「そういうことだ」

「へん、すぐに割れらあ。法螺貝なんざ置いている店も少なかろうが、買うやつだってそうはいねえ。それに幽霊の真似ごとなどするやつだ。計画的に遠くへ行って買ってくるような込み入ったこともするめえ」

「それに一人とは限らねえ。梯子《はしご》を使ってお寺の塀を乗り越えたり木に登ったり、二、三人かもしれねえ」

「分かってらあ、そんなこと」

居間で話しているうちに、

「親分。なんですかい、この年の瀬に」

「殺しでもありやしたかい」

店場のほうから声が飛び込んできた。

「おう、上がれ」

「へいっ」

返事とともに廊下に足音が響き、

「あれ、左門町の木戸番さん」

「事件は大木戸のほうですかい」

「馬鹿野郎。黙って座れ」

源造に言われ、二人は端座した。

幽霊の話をすると、

「聞きやしたが、季節はずれですぜ」

「それで、きょうにでも二人で肝試しに行こうかって言っていたんでさあ」

などと言う二人に、源造は法螺貝の話をした。

「えっ、幽霊じゃねえので？」

「あたりまえだ」

「つまんねえ」

「なにを言いやがる」

源造は叱りつけ、

「おめえら二人で手分けして、この四ツ谷界隈を総当たりしろ」

「骨董屋と古道具屋ですね。きょう中にも全部まわれまさあ」

数はそう多くないのだ。

「塩町と忍原はもういいよ。儂が見てきたから」

「ありがてえ。範囲がせまくなって」

杢之助が言い、二人が腰を上げようとしたのへ、

「待ちねえ。おめえら二人じゃ頼りねえ。バンモク、頼むぜ」

「おう」

源造と杢之助も同時に腰を上げた。

女房どのが外まで見送りに出た。

「それじゃ姐《ねえ》さん」

「行ってめえりやす」

二人は源造の女房を〝姐さん〟と称んでいる。

「二人とも、しっかりね」

と、女房どのも笑みを返す。

奥の居間を出るときには、炭屋の義助と干物屋の利吉も不満顔だったが、姐さんから〝しっかりね〟などと言われると、

「へえ」

と、二人とも急に従順になり、俄然張り切りだす。

こういうところにも、女房どのの存在が発揮されている。

すぐ近くで、御簞笥町の西隣になる伊賀町に、古道具屋と骨董屋が一軒ずつある。源造が炭屋の義助を連れて古道具屋に入り、杢之助が干物屋の利吉をともなって骨董屋をのぞくのだ。

四人もつながって行ったのでは、店のほうはなにごとかと警戒し口をつぐむか

もしれない。そこで杢之助が塩町の骨董屋と忍原横丁の古道具屋をのぞいたように、さりげなく入って聞き込みと覚《さと》られないように、法螺貝へ話を持っていくのだ。

「――すんなり捕まえるには、悪党どもに法螺貝を探っているなどの話が入らねえようにしなきゃならねえ。もちろん、幽霊の声が法螺貝だとした場合のことだが」

と、居間で杢之助が言ったのへ、源造はもっともだと応じ、〝バンモク、頼まあ〟となったのだ。

実際、若い義助や利吉なら、なにも指南せずに町へ出せば、

『いま噂の幽霊の正体だぜ、ここで法螺貝を売ったことはねえかい』

などと得意になって言いかねない。

伊賀町の古道具屋も骨董屋も、

「えっ、法螺貝？　置いたこともありませんや」

だった。

杢之助は伊賀町の骨董屋を出て、

「いいかい。いまのように、くれぐれもさりげなく、な」

と念を押し、利吉と別れた。鮫ガ橋のようすを見てみようかと思ったが、犯人

がその町の住人なら、

（勘づかれるきっかけになってはまずい）

松次郎と竹五郎の噂が鮫ガ橋に伝わり、桶屋の庄兵衛親方のようにとばっちりを受けるような噂がながれていないかと気にもなったが、

（伝わっても、年の瀬にあらぬ噂が立つすき間はないだろう）

と、街道をまっすぐ西に引き返した。実際、左門町でも昨夜あれほど大勢が騒いでいたのに、きょうはけろりと忘れて餅つき一色になっているのだ。

夕刻近くになれば、きょう一日の仕事を終えようと往来人も荷馬も大八車も動きが慌ただしくなるが、年の瀬は朝から慌ただしい。

そのなかに前かがみになって歩を踏みながら、杢之助の脳裡はめぐった。

源造が大張り切りなのは、

（源造さん、人騒がせな野郎をとっ捕まえ、質屋の銀蔵と息子の銀次郎を焙《あぶ》り出すきっかけを得ようとしているな）

なるほどやり手の岡っ引で、四ツ谷界隈から市ケ谷《いちがや》のほうまで、他の同業の二倍ほどの縄張を押さえているだけのことはある。

（やりなせえ、源造さん。あんたが働いてくれりゃ、それだけ奉行所の旦那を左

門町に入れないことにもなりまさあ）

李之助は、大八車が車輪の響きとともに巻き上げて行った土ぼこりのなかで、頰かぶりをちょいと前に引き、念じた。

三

「あらら、李さん。散歩だったのかね」

と、李之助が左門町の木戸を入ると、一膳飯屋のかみさんが蒸し上がったばかりの蒸籠を、湯屋のおかみさんと一緒に運んできたところだった。

松次郎も竹五郎も汗だくになっている。午前《ひるまえ》には大工と左官屋が帰ってきて手伝うことになっている、と顔を洗いに井戸端へ行ったとき言っていた。

「おう。気張っているねえ。ご苦労さん」

と、横をすり抜けて木戸番小屋に戻ると、腰高障子は開け放されたままで、

「あら、李さん。お帰り」

と、早くもつき上がった餅を、おミネと依頼主のおかみさんが来て一つ一つ小さな餅に引きちぎってはまるめて板にならべていた。

すり切れ畳は奥のほうに杢之助が休めるだけのすき間があるだけで、このときばかりは杢之助は単なる木戸番人で、手伝う仕事もなく隅で小さくなっているしかなく、それが大晦日まで数日つづく。

奥に胡坐をよいしょと組んだ。こういうときにも、おミネをはじめ出入りする町の住人らの姿に、

（ありがてえ。この町に住まわせてもらってよう）

心の中に手を合わさずにはいられない。

いま、秘かに〃幽霊退治〃に走っているのも、奉行所の役人を町へ入れないという自分のためだけではなく、

（町のためにも、松つぁんや竹さんのためにもなるはず）

それが杢之助の、せめてもの気の休まるところであった。

午過《ひるす》ぎに、

「ほれほれ、杢さん。もっと奥へ。邪魔なんだから」

すり切れ畳につき立ての餅をならべる板を置きながら言ったのは、昨夜忍原横丁の自身番まで亭主を迎えに来ていた金物屋のおかみさんだった。

「おぉう、すまねえ」

李之助はさらに隅へ寄った。

町の中に埋もれている自分が、李之助にはことさらに嬉しい。

そのなかにも気になる。

縄張のなかで骨董屋と古道具屋は、源造ならどこにどの大きさの商舗があるか、すべて把握しているはずだ。そこをまわるのなど義助や利吉が言ったように、きょう中にできるだろう。あるいは、もう突きとめたかもしれない。

突きとめていた。

「おっとっとっとい」

街道から干物屋の利吉が左門町の木戸に飛び込むなり、臼の前でたたらを踏み、

「へいっ、ご免なすって」

脇をすり抜け、

「左門町の木戸番さん！　いなさるかいっ」

腰高障子の開け放された木戸番小屋に飛び込み、三和土でまたたたらを踏んだのは、陽が西の空にかなりかたむいた時分で、大工や左官屋と交替した松次郎と竹五郎がすり切れ畳に上がり込み、一息入れていたところだった。

「やっ。おめえ、源造とこの若い衆じゃねえか」

すり切れ畳の奥のほうから、松次郎がきつい視線を向けた。

「あ、これは松兄イに竹兄イ」

「なにぃ。俺たちゃ岡っ引の腰ぎんちゃくに、兄イなんて呼ばれる筋合いはねえぜ」

「松つぁん、そこまで言わなくっても。あんた、確か干物屋の」

「へえ。利吉でさあ」

悪態をつく松次郎の袖《そで》を竹五郎が引いた。

「どうしたい。源造さんの用だろう」

杢之助が腰を上げ、

「目串《めぐし》はついたかい」

と、三和土に下りた。〝単なるいたずら〟として穏やかに収めるには、探索をまだ松次郎や竹五郎はむろん、町の者には知られないほうがいい。

「へい。源造親分が、こちらの木戸番さんに話があると、いまこちらへ向かっておりやして、どこか話せる場所を、と」

「ふむ。よし、分かった」

杢之助は利吉の背を押し、外に出た。源造は年の瀬の左門町のようすを知って

おり、李之助を〝どこか話せる場所〟へ誘い出そうと利吉を先触《さきぶ》れに走らせたようだ。やはり源造の目的は、

（銀質の親子だな）

李之助は確信し、

「精が出るねえ。儂ゃちょいとまた近くまで」

臼の脇をすり抜け、街道に出てから利吉に耳打ちをした。

「へい」

利吉は街道を横切り、向かいの麦ヤ横丁に駈け込んで行った。

「さてと」

李之助は清次の居酒屋の縁台に腰を下ろした。

店に戻っていたおミネが気づき、

「あら、李さん。中に入れば」

湯飲みを盆に載せて出てきた。店にはこれから夕の客が入る時分だ。

「いや。源造さんを待っているんでねえ」

「えっ、源造さんを？　だったらなおさら中で。わたしが見ておきますよう」

「いやいや。ここでいいんだ」

「ここじゃ寒いのに」

おミネは怪訝そうに暖簾の中に入った。李之助がこれから源造と会うことは、すぐ清次に伝わるだろう。清次も早朝から火を熾《おこ》し、志乃ともども気の休まらない一日がつづいている。

「李之助さん」

清次が暖簾から顔を出した。

「これからちょいと静かなところへ」

「さようで」

と、すぐ顔を引いた。そろそろ店は客で混み合う。他人《ひと》に聞かれてはまずい話が、これから李之助と源造のあいだにあることを覚ったようだ。

来た。肩をいからせ雪駄のかかとを引いて歩く、特徴のある姿が大八車や往来人のあいだに見えた。

湯飲みを縁台に置き、腰を浮かせ手を上げた。

源造も気づき手を上げたが、貫禄を示しているのか走ったりはしない。背後に炭屋の義助が随《したが》っている。見るからにもう親分と子分だ。

大八車や荷馬の音のなかに、悠然と足元に土ぼこりを上げ、

「よう。ここで待っていたかい。そこの居酒屋もまずいぜ。これから混み合うだろうからなあ」

「いや。ここじゃねえ」

清次の居酒屋の前で立ち話になったところへ、

「おやぶーん」

麦ヤ横丁の通りから出てきた利吉が、荷馬や大八車にさえぎられ手を振った。

「利吉の姿が見えねえと思っていたら、野郎あんなところでなにやってやがる」

「ふむ。話がついたようだ。行こうか」

「えっ。どこへ」

「手習い処だ」

「なに？　榊原の旦那も関わっていなさるのかい」

源造は問う。杢之助は御簞笥町の小間物屋の居間で、松次郎と竹五郎が〝幽霊〟の声を聞いたことは話したが、そのあとの真吾も加わっての騒動の詳細はまだ話していなかった。

「ともかく、渡ろう」

「おう」

源造が応じ、義助が露払いのように先に立ち、街道を渡った。

麦ヤ横丁の通りに入ると、

「榊原さまは、待っているから、とのことで」

利吉は言い、義助と一緒に源造と杢之助のうしろについた。

ゆっくり歩き、昨夜の騒ぎの顚末《てんまつ》と、真吾には法螺貝の話もしたことを語った。

「あはははは。榊原の旦那が心張棒《しんばりぼう》ってのは分かるが、おめえまで擂粉木《すりこぎ》たあ、そりゃあ町を挙げての騒動だったろうよ」

源造は左門町の幽霊騒動を愉快そうに笑い、

「ま、これの幕引きは穏やかにいきてえ。榊原の旦那にふたたび出張《でば》ってもらうことはあるまいよ。第二幕も、な」

「第二幕って、質屋の銀蔵とせがれの銀次郎かい」

「ま、そういうことだが、いまはともかく幽霊退治だけだ」

話しているうちに手習い処の前に来た。

「おぉ、これは四人も」

と、真吾は玄関で迎え、手習い部屋の奥の居間に通した。

一人住まいだ。まかないをする者がおらず、利吉と義助がお茶の用意に台所へ入った。湯は沸いており、すぐ用意ができた。

三人は胡坐《あぐら》居《い》で三《み》つ鼎《がなえ》に座り、利吉と義助は源造の背後に端座した。源造はどうやら松次郎と竹五郎はあきらめ、この二人を下っ引にするつもりか、なかなか厳しく躾《しつけ》というより仕込んでいるようだ。

「旦那。もうお察しのことと思いやすが、まあ、話だけ聞いてくだせえ」

源造は語りはじめた。

杢之助がまわった塩町と忍原横丁をのぞき、四ツ谷界隈の骨董屋と古道具屋を、一軒だけ残してすべてあたったが、いずれも法螺貝はなかったという。戦国時代の法螺貝を扱ったことがあるという骨董屋があったが、時期を訊けば十年も前の話だった。

「あと一軒というのはどこだい」

杢之助は問いを入れた。真吾は黙って聞いている。

「そのことよ」

源造は一膝前にすり出て、

「義助が聞き込みを入れた骨董屋で、置いている同業なら知っているというのがいて、どうしましょうと俺に相談するものだから、ちょいと待ったをかけたのだ」

「へえ。さようで」

背後で義助がうなずきを入れた。

さらに源造は、

「義助、おめえから説明しろ。これが当たっていたら、おめえらの手柄だ」

と、子分のうまい使い方を心得ているようだ。

義助は話しはじめた。

「その骨董屋の場所というのが、鮫ガ橋の表丁でやして」

「なんだって！　おなじ町内？　近すぎやしねえか」

まさに近すぎる。

「そうよ。だから俺は待ったをかけ、利吉をさりげなく店に入れたのさ。法螺貝を找しているなど、おくびにも出すなと注意をしてなあ。で、どうだった。利吉、おめえから話せ」

「へえ。店の奥にありやした。それに、その骨董屋には晋助《しんすけ》という息子がおりますので。その晋助は、実はあっしらの遊び仲間というほどじゃござんせんが、ときおりつまらねえ遊びで一緒になることがありやす」

「その野郎ですがね」

義助がつないだ。

「普段はまじめで家の仕事もよく手伝っているようで、あの町内の仲間内で信望もあり、晋助なら鮫ガ橋の町内で二、三人、仲間を集めるなどわけねえことで」

「ほう。それで源造さん、そこへ目串を刺しなさったかい」

「そういうことだ」

「だったら、源造さん。あんた、自分で乗り込めばいいじゃないか」

「あはは、バンモクよ。おめえ、勘がいいようでどこか抜けてるなあ。さっきおめえ、言ってたじゃねえか。俺が〝第二幕〟って言っただけで、質屋の銀蔵とせがれの銀次郎を狙っているんだろうってよ」

「あゝ、言ったさ。だからじゃないか。いまからでも踏み込んで、銀蔵を脅かした理由《わけ》を吐かせりゃいいじゃねえか」

「ははは、バンモク。旦那も聞いてくだせえ」

源造は真吾に向かって胡坐のまま威儀を正し、

「利吉や義助の話じゃ、晋助ってのは悪いやつじゃねえらしい。そんなのを挙げるつもりはありやせん。叱りつけるだけで充分でさあ。つまり、なかったことにしてやって、その骨董屋を通じて隣の質屋へ探りを入れ、手証《てしょう》を固めてバカ息子の銀次郎とどもふん縛りてえんで。やつらが最初に脅したのが銀蔵だから、なにか関わりがあるはずだと思いやしてね」

「ふむ」

真吾がうなずき、

「銀蔵とやらの悪徳は、隣の金兵衛さんに訊けば判ると思うが」

すでに聞いている。しかし源造は言った。

「あはは、旦那。どんな職種でもねえ、同業者に聞き込みを入れるのが最も手っ取り早いのでやすが、一番それが本人に伝わりやすいもので。警戒され、踏み込んだときには手証は消されてしまったあとってことになりまさあ」

「ふむ。なるほど、そういうものかのう」

「そこは分かったぜ。さすがは源造さんだ。だがよ、さっきから言っているが、どうしてそれをわざわざ話しに来なすった。儂はただ、あれは法螺貝だって気づいたから知らせてやっただけだぜ。あとはあんたの仕事じゃねえのかい」

「おぉ、俺の仕事よ。だがなあ、そこに法螺貝があるってえだけで、晋助って野郎がお化けの声をやりやがったって決めつけられねえ」

「だったら、見張りでもなんでもやりゃあいいじゃないか。当人は、まだ露顕《ばれ》ていねえと思っているはずだ」

　また杢之助と源造のやりとりになった。利吉と義助はうしろで端座したまま聞いている。

「おめえ、鮫ガ橋表丁の質屋と骨董屋の位置を知ってるかい」

「そんなの儂が知ってどうなる」

「義助、利吉。教えてやれ」

「へい。お隣りさん同士で」

「うっ」

　義助が応え、杢之助はうなった。

「分かったかい。そんなとこを見張ってみろい。銀蔵はどうせ脛《すね》に傷のあるやつよ。てめえが見張られてるって勘ぐって……」

「手証の隠滅かい。で、儂になにをしろってんだい」

「おめえ、乗りかかった船だと思いねえ。きょうはもう遅《おせ》えや。いまから行っても陽が落ちてしまってらあ。あしたの午前《ひるめえ》でもいいぜ。おめえが見せたさりげなさでよ、ふらりと表丁の骨董屋に行って探りを入れてくんねえよ。どうせあしたもおめえ番小屋にいても、昼間は用なしの木偶《でく》じゃねえのか」

「大きなお世話だ」

「あはは。暇な分、別のことで町のためになれやい。おめえが鮫ガ橋に出向いて鑑定したのを、俺は信じようじゃねえか。もし晋助だったら、あとは俺が按配《あんばい》すらあ。もしそうじゃねえようだったら、いくらなんでも隣の父《とっ》つぁんに悪戯《わるさ》を仕掛けるはずはねえってことにして、法螺貝の探索の範囲を赤坂や市ケ谷にまで広げらあ。ちょいと骨が折れるがよ」

「うーむ、杢之助どの。これは源造さんの言うのがもっともだ。合力《ごうりき》してやったらどうかな」

「ほらみろい。ここに場を借りてよかったぜ。そうと決まれば、さあ、あしたの算段だ」

「うーん。仕方ねえか」

杢之助はうなずかざるを得なかった。

その夜だった。いつものようにチロリを提げ、木戸番小屋に来た清次に杢之助は言った。三和土には臼に杵など、餅つき道具一式が置いてある。朝は一膳飯屋の物置から持ってきたが、始まれば木戸番小屋が預かるのも恒例になっている。

すり切れ畳の上は、相変わらず灯りは油皿の灯芯《とうしん》一本だ。

「ま、こたびは鮫ガ橋が捕物の現場になりそうだ。源造さんは、幽霊騒ぎはおもてにしねえと言っている。銀質の親子がお縄になっても、左門町まで火の粉が降りかかってくることはあるめえ。合力してやるぜ、源造さんによう」

「杢之助さんばかりに走らせ、申しわけありやせん」

「なに言ってやがる。おめえがおもてでまともに所帯を持って、堅気《かたぎ》の暖簾を張っていてくれているから、儂も安心して裏走りができるんじゃねえか。ありがてえぜ」

「へえ」

清次はまた申しわけなさそうに、杢之助の湯飲みに熱燗《あつかん》を注ぎたした。

四

翌朝も、

「おぉう、杢さん。また起こしてすまねえ」

「そのまま寝ていてくんねえ。木戸、開けておくから」

松次郎の声に竹五郎の声がつながった。

外はまだ薄暗い。

「おう」

李之助は掻巻の中から返事だけ返した。

寒い。

清次の居酒屋も通りの中ほどの一膳飯屋も、すでに竈《かまど》に火が入り、蒸籠から湯気が立っているころだろう。

餅つきのあいだ、木戸番小屋のすぐ外では人が白い息とともに忙《せわ》しなく立ち動き、威勢のいい声や小気味のいい音が聞こえてくるが、李之助はきのうも源造が言ったようにかえって暇になる。

「それではまたちょいと散歩を。きょうは裏のほうから」

と、李之助が松次郎たち餅つきの衆に声をかけ、下駄を履き寒さしのぎに手拭を頬かぶりにし、左門町の通りを寺町のほうへ向かったのは、太陽はすっかり昇ったが、午《ひる》にはまだ充分な間がある時分だった。源造への助っ人で、鮫ガ橋表丁の骨董屋へ行くのだ。

寺町に沿った往還は、相変わらず人通りが少ない。

忍原横丁の自身番の前を通りかかった。武家地の辻番所は冬場でも昼夜、おもての戸を開けているのが決まりだが、町場の自身番はそう厳しくはない。おとない左門町の住人が大騒ぎした詫びを一言入れておこうかと思ったが、さいわい腰高障子が閉まっていたので、

(まだ終わったわけじゃなし)

素通りした。

忍原横丁の通りから、

「あぁ。ちょうどよかった」

と、風呂敷包みを背負った小間物の行商人が走り出てきた。

「木戸番さんのようだが、これから闇坂を下りなさるか」

「あゝ。そのつもりでやすが」

歩きながら応えると、

「へへ、あっしもその方向で。ご一緒しやしょう。いえね、さっきこの町場で、その、ほれ、また出たと聞いたもので」

「聞きやしたか。はい、出たんですよ」

「えっ。やっぱり」

小間物屋の表情が瞬時引きつった。忍原横丁でおとといの騒ぎを聞かされ、闇坂を下るのに誰か道づれが来るのを待っていたようだ。

「ま、旅じゃござんせんが、道連れを」

「あゝ、そうしやしょう」

と、一緒に歩を進め、隧道《ずいどう》のような樹々の中に入った。

不意に急な坂道になる。

「この坂道、幾度も通っておりやすが、ほんと、気味が悪うござんすねえ。おっとっと。それに、急な坂で」

小間物屋はしきりに話しかけてくる。すこしでも恐怖をやわらげたいのだろう。

『ありゃあ、実は……』

と、教えてやりたいが、そうもいかない。

「気をつけなせえ。石にけつまづいて、そのまんま下までころがって行った人もおりやすから」

などと返しているうちに明るくなり、道も平らになった。まばらな林道《はやしみち》を過ぎれば鮫ガ橋の町場である。

「へい。あっしはちょいと向こうのほうへ」

小間物屋はホッとしたようすで谷丁のほうへ歩を取った。

李之助は表丁に向かった。

なるほど枝道に入ると、骨董屋と質屋が軒をならべている。その質屋は確かに、駒形の看板を出していた。

「ご免よ」

暖簾を頭で分け、

「ちょいと前を通りかかったもんで、ただふらりと」

「あゝ、適当に見ていきなせえ」

あるじだろう、奥から五十路《いそじ》ほどの男が無愛想に言い、腰を上げもしない。頬かぶりの木戸番姿では、買いそうな客でないことは一目で分かるのだろう。

具足や湯飲みや刀など、

「ほぉお、こんなものまで」

と、品物について二、三話しながら見まわすと、

(あった)

あるじの座っている近くだが、古そうな仏像が三体ほどならんでいるうしろに法螺貝が……。找す目的がなかったなら、あることさえ気がつかなかっただろう。

そんな置き方だ。

「おや、そこのは法螺貝ですかね、珍しい。戦国の世の？　鳴りますのか」

「えぇえ、法螺貝？　あぁ、そういえば何年か前、山伏が持ってきましたなあ。そこに置いてありましたか。確かあのとき山伏が鳴らしたから。口金さえついておれば、そりゃあ鳴るさ」

「ちょいと手に取って、鳴らしてみてよござんすか」

「えぇえ。あんた、番太郎さんのようだが、どこの？」

「左門町で」

「えっ、左門町？」

あるじは問い返し、

「なんでもおといい、左門町からいつも来る鋳掛屋《いかけや》と羅宇屋《らうや》が、ほれ、あんたも木戸番なら噂に聞いているじゃろ、幽霊の声。それを聞いたとか」

「おや。もう伝わっておりやしたか。確かに聞いた、と。それで左門町《うち》の町じゃちょっとした騒ぎになりやしてねえ」

「あぁ、やっぱり。するってえと、羅宇屋の竹さんも……。わしも煙草をやるもんで、煙管《きせる》の羅宇竹《らうだけ》は竹さんにあつらえてもらっていてねえ」

「ほぉ。それは、それは」

　李之助は話しながら手を伸ばし、法螺貝を取った。

　竹五郎の名が出たせいか、あるじは愛想よくなった。

「あはは。竹さんが言っていたが、左門町の木戸番さんは世話好きでおもしろい人だって、本当のようだ。こんど騒ぎがあったら、それを吹いて人を集めなさるかね」

　言っているところへ、店場で法螺貝が話題になっているのが奥にも聞こえたか、

「お父《とっ》つぁん、それ」

　と、二十歳《はたち》ばかりの若い男が店場に出てきた。

（これが晋助か）

　思うまでもなくあるじが、

「どうした、晋助。店番するか」

「それもありますが、あ、左門町の木戸番さんですか。その法螺貝、ずっとそこに置いたままだったのですが、欲しいという人がいまして」

「えっ、晋助。本当かい。ここ幾年か、そこから動かしもしていないぞ」

「え、えぇ。私が店番をしているとき、まだ見ただけなのですが。そのうち、ま

た来る、と。は、はい。初めてのお客さんでした。だから……」

　李之助の手から引ったくるように引き取ると、

「そ、そういうわけで」

　法螺貝を持ったまま、奥へ入ってしまった。

「はて？」

「跡継ぎさんですかい。いい若い衆じゃござんせんか」

　首をかしげるおやじに李之助は場をとりつくろうように言い、外に出た。息子の晋助を褒めたのはお世辞ではない。決してお調子者には見えないばかりか、実際に〝いい若い衆〟に思えたのだ。

　だが、

（やつだ）

　確信を持った。

　それよりも、おとといの騒ぎはやはり伝わっていた。さきほどの行商人もまた、この鮫ガ橋でさらに広めることだろう。なにしろさっきの小間物屋は、忍原横丁の住人から直接聞いているのだ。

（松つぁんや竹さんのことで、勘ぐった噂は立っていないか）

鮫ガ橋にもあるいくつかの木戸番小屋の、二軒ほどに寄った。同業ということで、番太郎ならすこし離れた町でも互いに顔見知りになっている。それに町内の餅つきが木戸番小屋を巻き込んでいるのは左門町だけのことで、他の町々の番太郎はいつもと変わりのない時間を送っている。同業が顔を出すと退屈しのぎになると喜び、聞き込みも入れやすかった。左門町の者まで〝ぼわっ〟とした声を聞いた話をすると、

「そうだってなあ。そっちの町から来なさる鋳掛屋さんに羅宇屋さんまで……。驚いたじゃろなあ」

「気の毒に。聞きたかねえものを聞いちまってよ。いってえ、なんの因果かなあ」

等々の返事が返ってきた。

どうやら桶屋の庄兵衛親方のように、うがった噂まではながれていないようだ。時のほうが慌ただしくながれているからだろう。

ひとまず安堵し、四ツ谷御門前の御簞笥町に向かった。

源造は待っていた。

店場で女房どのに迎えられ、小さな裏庭に面した居間では、

「ほう、するとなにかい。せがれの晋助に間違《まちげ》えねえと……」

源造が太い眉毛をひくひくと動かした。

「あぁ。おやじさんはここ数年、法螺貝に触ったこともねえというのに、チリ一つかぶっちゃいねえ。口金はきれいに拭いてある。晋助の慌てたあのようす……」

「よし。俺がきょう午過ぎにでも乗り込もうじゃねえか」

「待ちねえよ」

「なんでえ。晋助なんだろう、幽霊の声は。おめえ、そう太鼓判捺《お》したじゃねえか」

「あゝ、捺した。だがな、あの晋助ってえ若い衆が、どんな野郎が仲間にいるのか知らねえが、おもしろ半分に幽霊の真似などするたあ思えねえ。それにはなにか、相応の理由《わけ》があるに違えねえ。最初の相手が質屋の銀蔵だったからなあ」

「しつこい野郎だなあ、おめえは。だから榊原の旦那のところでも言ったろう。標的は幽霊なんぞじゃねえ。銀質の因業《いんごう》おやじと馬鹿息子だってなあ」

「ふむ」

李之助はうなずき、

「だからよ、なにやら途方もねえものが出てきそうな気がするのよ。あの晋助の真剣な表情からよう」

「そりゃあ、おめえ。質屋のご法度で死罪になった者もいりゃあ、遠島か江戸所払いになったのもいらあ。さあ、蛇《じゃ》が出るか蛇《へび》が出るか、楽しみだぜ」

「くれぐれもよ、源造さん。幽霊騒ぎは不問にするんだろうなあ」

杢之助はそれを懸念している。銀質の件でなにやら重大事件に発展し、奉行所が洗いざらい調べ上げ、〝幽霊の声〟にまで行きつけばどうなる。自分と榊原真吾が中心になり、左門町の住人が騒いでいるのだ。奉行所の同心が裏を取りに左門町に来るかもしれない。それこそ、

——奉行所の同心には、どんな目利きがいるか知れたものじゃねえのだ。

きょう左門町を出るときには、

(鮫ガ橋のことだ。左門町から離れている)

安心感はあった。

だが、若い晋助の真剣に戸惑ったようすを見てからは、清次がいつも言う〝取り越し苦労〟が頭をもたげてきたのだった。

「源造さん」

「なんでえ」

「合力するぜ。あんたが鮫ガ橋で手柄立てるためならよう」

「気色悪いなあ。きょうのおめえ、おかしいぜ」

源造に言われ、

(いけねえ)

ハッとした。

「ま、あんたが儂に言っていたように、単に乗りかかった船ってことさ」

「ありがてえぜ。あとは任せておきねえ」

「いい知らせを待っているぜ」

「おう」

源造の返事に、杢之助は腰を上げた。

なにがいい知らせになるのか、言った杢之助にも分からない。

「ご苦労さんですねえ」

また女房どのが外まで出て見送ってくれた。

太陽がそろそろ中天にかかろうかといった時分になっていた。

五

左門町に戻った。

「おう、みんな。あと三日でえ。気張って行こうぜ」

松次郎の声だ。

町内の男衆や女衆の手の空いた者が、入れ替わり立ち代わり手伝いに来ている。それらを仕切っているのが松次郎で、その補佐役が竹五郎だ。

それらの威勢のいい声と小気味のいい臼の音が、杢之助の気分を紛らわせていた。それでもやはり、

(源造さん。もう御簞笥町を出たろうか)

思えてくる。

冬場の日足《ひあし》は短く、もう七ツ（およそ午後四時）時分だ。

清次と手習い処の真吾には、御簞笥町から帰るとその足で出向き、晋助への自分の鑑定と、あとは源造に任せたことを話した。

清次には多くを語らずとも、杢之助の心中が解るのか、

「――取り越し苦労はいけやせんぜ」

そっと低声で言っていた。

だが、こんどばかりは、

(取り越し苦労じゃねえぜ。源造さんはもう……)

動いていた。

義助と利吉は連れず、一人だ。さすがに源造で、幽霊騒ぎは穏やかに押さえ、銀蔵に覚られぬように周辺を洗うには、目立たぬほうがよいと判断したのだろう。

「おう。ご免よ」

と、源造が鮫ガ橋表丁の骨董屋の暖簾を頭で分けたのは、ちょうど杢之助がそれを念頭に浮かべた、七ツ時分だった。

「いらっしゃいませ。あっ」

晋助が店番をしていた。

「おう。おめえだったかい」

と、晋助は土地の岡っ引である源造の顔も名も知っていたが、源造のほうは晋

助の顔を住人の一人として見知ってはいたが、名までは知らなかった。いま、直感と言うよりも若い男が瞬時、源造を見て緊張したようすになったので、この若い男が晋助と分かったのだ。

(バンモクの目は正しいようだな)

と、これは直感である。

さっそく切り出した。頭から本題をぶつけて対手《あいて》の反応を見るのも、聞き込みの有効な一手法である。

「御用の筋だ。おい晋助、俺がこの年の瀬のくそ忙しいときに、わざわざ来た理《わ》由《け》は分かっているな」

「な、なんのことでございましょうか」

晋助がとぼけるなか、源造は杢之助から聞いた場所に視線を向けた。

(ない)

法螺貝だ。

(しまい込みやがったな)

源造は晋助をぎょろ目でじろりと睨み、太い眉毛をびくりと上下させた。

晋助はたじろぎ、視線をそらせた。

「やい、晋助。そこにあった法螺貝、どこへやった。出せ」

言われた晋助は瞬時、

(午前中に来た番太郎、源造親分の手先)

思って当然である。

源造はそこに気づき、

「四ツ谷一帯の番太郎はな、みんな俺の下っ引みてえなもんだ。そう思え」

「へえ」

晋助は返し、

「あ、あれは、売れました」

「往生際が悪いぞ。朝あった品《もの》が午後には売れただと？　十年に一度売れるか売れねえ品がよう」

「どうしました。さっきから法螺貝だの、往生際が悪いだのと」

奥からあるじが出てきた。

「あっ、これは親分。あるじの晋兵衛《しんべえ》でございます。せがれがなにか」

「これはご亭主で。晋兵衛さんといいなさるか」

源造は杢之助から〃おやじさんは、気づいていねえようだ〃と聞かされている。

高飛車な態度をいくらかやわらげ、

「ともかく御用の筋だ。おもてを閉めてもらいやしょうか。この商舗のというより、息子さんのためでさあ。さあ、早う」

「は、はい。晋助、言われたとおりに」

御用の筋だといわれれば逆らえない。さらに息子のためだなどといわれればなおさらだ。きょう午前に左門町の木戸番人が来たときから、せがれ晋助のようすのおかしいことには気づいていたのだ。

晋助は無言でおもてに出て暖簾を下げ、雨戸を閉めた。日の入りが近く、この時分なら商舗を閉めても、町の者からはすこし早じまいかと思われるだけで、奇異には見られない。

店場は暗くなり、座は奥の居間に移された。晋兵衛の女房はなにごとかと怯《おび》えながら茶の用意をし、そのなにごとかに気づいているのか、晋兵衛のうしろへ控えるように端座した。

晋助は顔面蒼白になり、端座の姿勢をとって、しかもうつむいている。

「おまえ、いったいどうしたというのだ」

顔を晋助のほうへ向け、口火を切ったのは父親の晋兵衛だった。買うにも売るにも目利きと駆け引きの人一倍必要な商いのせいか、なかなか締りのある面構えをしている。晋助もそれを引き継いでいる。かといって、贋物《にせもの》を本物と偽《いつわ》るような狡賢《ずるがしこ》さは感じられない。

李之助がこの親子に嫌悪を感じなかったばかりか、いくらか好感を覚えたように、源造もまたおなじだった。しかも、端《はな》から晋助を捕えに来たのではない。源造と晋兵衛が胡坐居で対座し、晋兵衛の両脇に晋助とおかみさんが控えたかたちになっている。

「ともかくだ、晋助どん。法螺貝をここへ持ってきねえ」

「えっ」

晋兵衛が解《げ》せぬ声を洩らすなかに、

「へえ」

晋助はしおらしく腰を上げ、どこかに隠していたのだろう、すぐに持ってきた。

晋兵衛もおかみさんも、困惑した表情になっている。

「さあ、晋助どん。やってみねえ。最初に言っておくが、旦那もおかみさんも聞いてくだせえ。俺はなにも、晋助どんをどうしようというのじゃござんせん。幽霊を捕まえたところで、なんの手柄にもなりませんやね。それよりも俺が訊きてえのは、なんであんな悪ふざけをしたかってえことだ。これをなかったことにするにゃ、なにもかも正直に言ってくれねえじゃ困るぜ、晋助どん、さあ」

「晋助。やはり、おまえ」

「どういうことで?」

おかみさんは解したようだが、晋兵衛はまだ解せぬ表情のままだ。

晋助はなおもうつむいている。

「さあ、晋助どん。白状じゃねえ、話してくんねえ。おめえ、左門町の松次郎と竹五郎まで脅かしたものだから、あの町の番太郎や手習い処の腕の立つお師匠まで出てきて、左門町じゃ大騒ぎになったのだぜ。あそこの番太郎は話の分かる男でなあ。町の者に、なにごともなかったように、年とともにながしてしまうように言っておこうじゃねえか」

「なにもかも、お見通しなのですね」

晋助がようやく顔を上げ、膝の前に置いていた法螺貝を取り、口にあてた。

吹くのではなく、か細い声で言った。

「すーみませーん」

と、聞こえた。

座は笑う雰囲気にはない。源造は心底から真剣な表情になっている。なるほど〝ぼわっ〟とした感じで〝幕が張った〟ようで、これで大きな声を出せば、まさしく〝張り〟のある〝刺すような〟声にもなりそうだ。

「ほう。それが幽霊の正体ってえわけか」

「正体って！　晋助、おまえっ」

源造が言ったのへ、晋兵衛はようやく事態を解したようだ。

「はい。谷丁の醤油屋の忠吉《ただきち》と話しあい、隣の銀蔵さんと銀次郎を懲らしめてやろう……と」

「えっ。忠吉ちゃんと」

おかみさんが返した。せがれの幼馴染で、仲のいいことをよく知っているようだ。

「ほう。やっぱりお仲間がいたのだな。その、醤油屋の忠吉とかいうのだけかい。ほかには？」

「おりません」

「よし、分かった。つまり、銀質の悪徳ぶりを見て、懲らしめてやろう、と」

「おまえ、それで幽霊の声など」

「忠吉ちゃんと一緒に、そんな馬鹿な方法で」

晋兵衛もおかみさんも、せがれの晋助と幼馴染の忠吉が、銀質の親子を懲らしめようとしたことは非難していない。むしろ肯是《こうぜ》する口ぶりだ。

（よし）

源造は確信を持った。

詮議ではない。

問いを進めた。

やはり晋助と忠吉は、杢之助の推測したとおり梯子を用意し、坂の上か下で人の来るのを確認してから闇の中へ走り込み、梯子で塀から木に登り、足音が近づくとその者の名を〝ぼわっ〟と呼んだという。なるほど桶屋の庄兵衛親方も松次郎、竹五郎も、二人の見知った者ばかりだ。

「で、なぜだい。銀質の親子を懲らしめるのに、庄兵衛親方や、まして左門町の松や竹など、関わりはねえだろうに」

これには訊いた源造ばかりか、晋兵衛もおかみさんも首をかしげ晋助の顔をのぞき込んだ。

「へえ、それは……」

と、親の前で言いにくそうにしながらも、晋助は話した。

「そのー、銀蔵さんだけじゃ、狙ったことが明白で、そこから私らのことまで露《ば》顕《れ》ないか……と」

「それじゃあ銀蔵を懲らしめたことにも、なんにもならねえじゃねえか」

源造はあきれ顔になり、

「人騒がせな」

「でも、おまえさん」

晋兵衛も吐き捨てるように言ったのへ、おかみさんはやはり母親か、

「親分さん。聞いてくださいまし」

と、晋助をかばうように話した。

それによると、隣の質屋のせがれ銀次郎は、幼少のころから手のつけられない悪童で、町内のおなじ世代の晋助や忠吉はいつも虐《いじ》められ、

「泣きながら帰ってきたこともよくあるのです」

晋助はうつむき、うなずいた。

「銀ちゃんが十四のときでした。うちの晋助や忠吉ちゃんも同い年ですから、よく覚えています。どこかへ奉公に出たというのです」

「あぁ、出たなあ」

晋兵衛がつないだ。

陽が落ちたか、明かり取りの障子の外も部屋も急速に暗くなりはじめた。

「あたし、ちょっと火を」

おかみさんは座を立ち、晋兵衛はそのまま言葉をつづけた。

「あれも奉公というのかねえ。ばくち打ちのやくざ者の子分になったのですよ。あちこちで相当悪戯《わるさ》をしていたのでしょうなあ。それが去年ですよ、帰ってきたのは」

おかみさんが戻り、部屋に行灯《あんどん》の灯りが入った。

晋兵衛はさらにつづけた。

「それも、親が道を外れた子を心配して連れ戻したのじゃないのです。ご法度に背《そむ》いた阿漕《あこぎ》な質屋稼業の取り立て役に使うためですよ。あの親にしてこの子ありですか。まったくあきれて、ものも言えません。それも、どこにとぐろを巻いているのか、仲間を二、三人連れておりましてねえ」

「親分さん、お分かりでしょう。うちの晋助と忠吉ちゃんが、桶屋さんの庄兵衛親方や左門町の鋳掛屋さんと羅宇屋さんにまで迷惑をおかけするなど、馬鹿なことをしてしまったのは、露顕《ばれ》たときの仕返しが怖いからですよ。あたしもいま聞いて、もう怖くって」

　ふたたび座についたおかみさんが話し、

「まったく、大変な親子と隣り合わせてしまったものです」

　晋兵衛がまたつないだ。

「ふむ。事情は分かりやした。銀蔵と銀次郎は俺に任せてくだせえ」

　源造は胸を叩き、

「あの親子をふん縛るにゃあ、手証が必要でさあ。そこに合力してもらいてえ」

「ど、どのように」

　晋兵衛が返した。応じる意思のこもった言いようで、胡坐居のまま上体を前にせり出した。

「そのめえに晋兵衛さん。そいつをいまここで叩き壊してくだせえ。こっちに手証が残ってたんじゃ話にならねえ」

「あたしが」

　おかみさんがまた立ち上がった。

　すぐに戻ってきた。金槌を持っている。

「えいっ」

——ガシャッ

音とともに法螺貝に穴が開き、ひびが入った。ただの壊れた大きな貝殻になった。本当に関ケ原か大坂ノ陣か、はては島原ノ乱の陣触れに吹き鳴らされた貝だったかもしれない。骨董屋夫婦にとってはそれよりも、息子のお粗末ないたずらの始末のほうが身に迫る問題である。

「さあ。これで幽霊騒ぎの手証はなくなりやした。よござんすかい。口が裂けても誰にも話すんじゃありやせんぜ、闇坂のことでさあ。こいつは、忠吉とかぬかす醤油屋にも念を入れておいてくだせえ。そうそう、この役目はおかみさん、あんたが適任のようでござんすねえ」

「えっ、いまからですか」

おかみさんがふたたび腰を上げかけたのへ、

「おっと。いまから提灯《ちょうちん》かざしてちょろちょろ出かけたんじゃ、お隣さんがなにごとかと勘ぐりまさあ。あしたでよござんすよ」

外はもうすっかり暗くなっている。

「それよりも、お隣さんの手証でさあ」

この年末に銀蔵と銀次郎は動いているはずである。そこで困窮している家や商舗を具体的に訊き出し、効率よく目串を刺して作法定書違背《さほうさだめがき》の手証を集め、すぐさま同心に見せ、年内の打ち込みで、

(世間をアッと言わせてやろうかい)

そんな色気を、源造が秘かに持ったとしてもおかしくはない。

「広まっている幽霊の噂は、どうなりましょうか」

話す前に、晋兵衛が問いを入れた。これから口をつぐむにしても、気になるところである。

「なあに、さっきも言ったでやしょう。左門町のほうはなんとかしまさあ。忍原も鮫ガ橋も……そうさねえ、すっとぼけておきなせえ。ま、そのほうもなんとか始末をつけまさあね」

源造は請け負った。実際、銀質の親子を挙げさえすれば、幽霊の噂など吹き飛ばないまでも、なんとかなるだろう。

それに銀質がらみの話など、どの町でも住人は知っていても、お上の手先である岡っ引などにはなかなか話さないものである。それを一挙にまとめて聞けるなど、幽霊騒ぎのおかげというほかはない。

遅くとも大晦日までに、

『これこのとおり』

と、調べ上げた手証を同心に見せるにも、松次郎と竹五郎が仕切っている左門町の餅つきではないが、あと三日である。

聞きながら源造は、徐々に焦りを感じはじめていた。

だからであろう。聞き終えてから、御簞笥町に帰らず骨董屋で提灯を借り、闇坂を上って左門町に向かった。

六

「ん？」

と、杢之助が首をかしげたのは、いつも清次が熱燗のチロリを提げてくる五ツ（およそ午後八時）ごろに近い時分だった。

腰高障子の向こうに感じた気配が、

（清次じゃねえ）

のだ。

すぐに分かった。

「いるかい」

聞きなれただみ声とともに、夜というのに腰高障子が派手に開けられた。

「おや。どうしたい」

こんな時分に源造が来るなど、杢之助はいくらか緊張を覚えると同時に、

（鮫ガ橋で進展があった）

と、期待も持った。

三和土に昼間松次郎たちが気勢を上げた臼や杵に蒸籠を載せる台などが、足の踏み場もないほどにならべられている。

「ほう。ここの餅つきも、大晦日までかかりそうかい」

言いながら源造は臼の横をすり抜け、自分の部屋のようにすり切れ畳に上がった。

「どうしたい、こんな時分によ。珍しいじゃねえか」

「へへ。さっそく、あしたから動くぜ」

腰を浮かした杢之助へ対座するように源造は胡坐を組み、眉毛をひくひく動かしながら鮫ガ橋表丁の骨董屋の話を始めた。

「ほぉう、やはりなあ」

と、源造の手際の良さに李之助は感心した。

源造の太い眉毛はなおも動いている。

一通り聞いてから、李之助は問いを入れた。

「晋兵衛さんやおふくろさんが、銀質親子の悪徳を話しているあいだよ。晋助はどうしていたい。それに醤油屋の忠吉たらいうのは、行くか呼びつけるかして面《つら》は確かめなかったのかい」

「あはは。晋助の野郎よ、ありゃあ根はまじめなやつだぜ。バツが悪いのか、両《ふた》親《おや》が話しているあいだ、ずっと顔をうつむけてやがった。二十歳《はたち》だっていうのに、かわいいとこあらあ。それに忠吉をなぜ呼ばなかったかってか？」

「あゝ、そうよ」

「おめえ、やっぱり探索ってものを知らねえなあ」

「どういうことだい」

話しているとき腰高障子の外に、李之助はまた気配を感じた。

清次だ。

だみ声が外まで洩れていたか、気配は遠ざかった。

源造は喋りつづけている。

「向こうの手証をつかむためにはよ、対手に覚られちゃならねえのよ。話は骨董屋のおやじとかみさんで充分だぜ、あはは。ところでよ……」

と、源造は一膝前にすり出た。

噂の処理を杢之助に任せようと、わざわざ闇坂を上り、左門町に来たのだ。

「うーん」

杢之助は真剣に考えた。

「うむ」

そして膝を打った。

油皿の炎が揺れた。

上体を前へかたむけた源造に、

「任しておきねえ」

杢之助は言った。

「ほおう、ありがてえぜ」

と、満足げに源造は腰を上げ、

「また開け放したままかい」

と、杢之助がつぶやき、足場の限られた三和土に足を下ろしたのは、木戸を閉める夜四ツ（およそ午後十時）の鐘が鳴るのに、まだすこし間がある時分だった。

源造が開け放したままにした障子戸を閉めるまでもなかった。

「チロリの熱燗、また温めなおしやした」

と、清次が入ってきた。

油皿の炎がまた揺れる。

李之助は源造から聞いた経緯を話し、深刻な表情でつけ加えた。

「晋助がよ、凝《じ》っと下を向いていたってえのが気にならあ。いい若い衆が親の前とはいえ、本来ならてめえから率先して銀質の因業ぶりを話さにゃならねえはずだぜ。それに源造さんが、醤油屋の忠吉とかの面を確かめなかったってのも気になる。そもそもこたびの幽霊騒ぎの張本人は、その二人なんだぜ」

「あはは、李之助さん。それを取り越し苦労ってんですぜ。ここからは離れた鮫ガ橋のことじゃねえですかい」

清次は李之助の湯飲みに、まだ湯気の立つ熱燗を注いだ。

李之助はそれを一口ふくんで湯飲みを盆に置き、

「そうは言うがなあ」

腕を組んだ。

李之助には珍しい仕草だ。

市ケ谷八幡か内藤新宿の天龍寺が打つ鐘か、夜四ツの響きが聞こえてきた。

「いけねえ。木戸を閉めなくっちゃ」

腰を上げた李之助に、

「そのようで」

清次もつづいた。

ふたたび油皿の小さな炎が大きく揺れた。

闇夜の探索

一

この日も、外からの声で目が覚めた。

やはり空は明けきっていない。

木戸は、

(松つぁんか竹さんが開けてくれる)

まだ掻巻《かいまき》の中にくるまっておられる。

いよいよ年の瀬で世間は忙《せわ》しないが、逆に杢之助はのんびりできる。

だが、昨夜は源造が木戸番小屋に来て〝噂《うわさ》〟をなんとかしろと要請していった。

そのあと清次と話した。骨董屋のせがれ晋助が終始うつむいていたことに、源造はなんら気にとめることなく、醤油屋のせがれ忠吉にも会わず、いかな反応を

見せたか確認していないことが、

「──気になる」

清次は例によって〝取り越し苦労〟などと言ったが、やはり脳裡を離れない。

(なにか、見落としているものがあるのではないか)

その懸念を抱いたまま眠りに入ったが、目が覚めるとふたたびそれらが頭の中を駈けめぐりはじめた。

(あと二日)

きょう一日を入れて三日になる。銀質がらみの揉め事なら、攻める側も逃げる側も年内になんらかの決着を得ようとするはずだ。だから源造も昨夜、

「──あしたから動くぜ」

言ったのだ。

もう一眠りと思ったが、とても眠れたものではない。

「えいっ」

また気合で朝の寒気を吹き飛ばし、跳ね起きた。

だが鮫ガ橋の件で、杢之助が動けることはなにもない。きょうから悪徳質屋の手証《てしょう》を得ようと奔走するであろう源造の動きに、期待する以外にない。

(しかし源造さん、的外れの探索をするのではないか)

懸念を払拭《ふっしょく》できない。そのまま時を過ごさねばならなかった。しかも木戸番小屋にいても餅つきがつづいているあいだ、杢之助は源造が言ったように〝用なしの木偶《でく》〟なのだ。

陽が昇った。

外では威勢のいい声と小気味のいい音がつづいている。

ふらりと外に出た。

「おう、杢さん。湯にでも行ってきねえな。一日中入っていられるのって、こんなときしかねえぜ」

「そう。そう、そう。そうしなよ杢さん」

杵《きね》を持ったまま言った松次郎につないだのは、ちょうど蒸籠《せいろう》を運んできた一膳飯屋のかみさんだった。

(これはちょうどよかった。ともかくやらねば)

思うなり、

「あゝ、そうさせてもらうよ。それよりもおかみさん。きのうの夜ねえ、源造さんがここへ来たよ。いろいろ話してくれてねえ」

ことのついでといった感じで、李之助はさりげなく誘い水を向けた。

「えっ、本当かい。源造親分が！」

乗ってきた。

「で、なにを教えてくれたのさ。あっ、鮫ガ橋の！」

「あゝ、それさ」

横では松次郎たちが威勢よく杵をふるっている。

「ちょいと、ちょいと、忘れてたよ。で、また出たの？」

かみさんは、李之助の背を木戸番小屋のほうへ押した。一膳飯屋も朝の客が入る時分どきである。

三和土《たたき》に入って李之助の袖《そで》をつかみ、

「さあ、それで？」

急ぐように、立ち話のかたちになった。

李之助はかみさんに合わせ、早口になった。

「また出たわけじゃねえが、源造さんが言うには、鮫ガ橋じゃ新たな噂がながれているって。どうやら、それが真相らしい」

「真相？　なに、なに、なにさ」

「幽霊の声さ」

「それは分かってるよ。だから真相ってなんなのさ」

「つまり、ありゃあ本物で、松つぁんや竹さんにも聞こえたのは、幽霊が自分の存在を知ってもらいたい、と。それで善良そうな関わりのない他人《ひと》にも声をかけたってわけさ」

「えっ。それじゃ松つぁんと竹さん、幽霊に見込まれた？」

「そうさ。二人とも人が好いから、この者なら、と……」

「それは分かる。で、その幽霊って誰の霊なのさ。で、どんな恨みが……」

一膳飯屋のかみさんは杢之助の袖から手を離し、両手で自分の肩をかき寄せるようにまわし、ぶるると震わせた。

「そこさ。それを源造さんが調べなさるって」

「えぇえ！　幽霊に恨まれている人を？　なにかアテでも……。あっ、分かった。最初に名を呼ばれたっていう鮫ガ橋の質屋。名前、なんだったっけ。そうだよ、きっとそいつさ。非道《ひど》い噂も聞いたから」

「しーっ。滅多なことを言うもんじゃないよ。もし間違っていたら、あんたが祟《たた》られるよ」

「えぇえ！　あたしが。くわばら、くわばら」

かみさんは真剣な表情で杢之助を見つめ、両肩をかき寄せる腕に力を入れた。

「源造さんが慎重に調べるだろうから、なにか分かったら、また教えてやるよ。さあ、店のほうは大丈夫かい」

「あ、そうだ。きっとだよ。きっと教えてよ」

かみさんは小太りの身を返し、

「あっ。松つぁん、竹さん」

なにか言いたそうに声をかけたが、

「またあとで」

「おう。蒸籠、また頼まあ」

遠ざかる下駄の音に、松次郎は声を投げた。

杵の音は間断なくつづいている。

「これでよし」

杢之助はつぶやいた。源造の探索への後詰《ごづめ》である。

昨夜、この木戸番小屋で源造と語り合ったのは、この噂をながすことだった。

そこに一膳飯屋のかみさんは、重宝な存在である、だが、噂になりすぎて銀質親子の耳にまで入り、恐怖も感じようが警戒心まで持たせてしまってはかえってまずい。このあたりの匙《さじ》加減は難しい。

(松つぁんと竹さんには、湯屋から戻り、二人がここで休憩でもしているとき、それとなく話すか)

胸中に算段し、手拭《てぬぐい》を肩にかけ、外に出た。

「おぉう、やっぱり行くかい」

「ゆっくりしてきなよ」

松次郎と竹五郎がなおも全身を動かしながら声をかけてきた。

(すまねえ、誑《たぶら》かすようで)

杢之助は胸中に詫びた。

実際、誑かしているのだ。骨董屋のせがれ晋助と醤油屋のせがれ忠吉の児戯《じぎ》を隠蔽《いんぺい》するとともに、幽霊の声を〝本物〟とながす。源造の探索に、住人が率先して合力《ごうりき》するように仕向けるためだ。

その噂のなかに銀蔵と銀次郎の親子が役人のお縄にかかったなら、源造は四ツ谷界隈の町衆から喝采を浴びることになるだろう。

だから源造は昨夜、

「──ほぉう、ありがてえぜ」

と、左門町の木戸番小屋からホクホク顔で帰ったのだ。

まだ朝の内である。万事が忙《せわ》しないときとはいえ、一膳飯屋のかみさんの耳に入れたのなら、いまからすぐにでも忍原横丁を経て鮫ガ橋一帯に伝わるだろう。それに、奉行所の同心が、源造のそろえた手証の裏を取るにしても、幽霊の裏を取るために左門町まで来ることはあるまい。

「おう、ゆっくり浸かってくらあ」

杢之助は松次郎と竹五郎に返し、手拭をひょいと肩にかけ、悠然と左門町の湯屋へ向かった。

二

源造は動いていた。

きのう骨董屋の晋兵衛夫婦が源造に語ったのは、ほとんどがすでにながれている噂の範囲内だった。ただ、手証がないのだ。いざ引っ捕えても、銀蔵は〝証文〟を盾にとるだろう。その〝証文〟に踏みにじられた家族たちはすでに鮫ガ橋には住んでおらず、どこへ行ったか晋兵衛夫婦も知らないのだ。夜逃げの一家もおれば、行き先が不明なのは当然かもしれない。しかし、名前や屋号、家や暖簾《のれん》を出していた場所は訊《き》き出せた。

源造は朝から、それらの近くに聞き込みを入れていた。あるじが首を括《くく》った話も、一家が離散した話も、すべて事実で話に誇張はないようだった。

午過《ひるす》ぎだった。

李之助の予測は当たっていた。

源造は骨董屋で聞いた一つ一つの現場に近い住人に聞き込みを入れ、噂よりも生々しい話を耳に入れながら谷丁に入ったときだった。

「親分さん」

脇道の角からそっと声をかけてきた男がいた。松次郎や竹五郎に似た、股引《ももひき》に腰切半纏《こしきりばんてん》を三尺帯で決めた職人姿で、異なるところといえば、四十がらみで一家のあるじの貫禄があることとか。

「おっ、これは親方じゃございせんか」

と、銀蔵のつぎに闇坂《くらやみざか》で〝ぼわっ〟と声をかけられ、あらぬ噂を立てられた桶屋《おけや》の庄兵衛だった。

源造のだみ声が大きかったので、

「しーっ」

庄兵衛は叱声を吐き、手招きで角へ源造を呼び寄せた。

「闇坂の声、親方も聞きなすったそうで。とんだ災難でござんしたねえ」

「え、まあ。それでちょいと」

声を落とした源造に庄兵衛はさらに低く、

「話がありやす。家《うち》へ来てくださいやせんか。ほれ、そこでさあ」

手で示したところは、桶屋の店先で作業場だった。

庭づたいに奥の居間へ案内された。

「これは親分さん、いいところへ来てくださいました」

と、おかみさんも源造を歓迎する態《てい》で、茶を出すとすぐ奥に入り、座は源造と庄兵衛の二人となった。

「いえね、闇坂であれを聞いたのは確かでさあ」

庄兵衛は話しはじめた。

「ふむ」

源造は胡坐《あぐら》のまま身を乗り出し、聞く姿勢を取った。

「だからあっしまで、質屋の銀蔵とおなじ穴の貉《むじな》みてえに陰口をたたかれやして、腹が立ちやしたよ。ですがね、左門町の鋳掛屋《いかけや》や羅宇屋《らうや》まで聞いたってんだから、すこしはホッとしやした」

「あゝ、あいつらは他人から恨まれるような玉《たま》じゃねえですからねえ」

「そうなんでさあ。そこできょう、ついさっきですよ。女房が外でみょうな噂を聞いてきやしてね」

「ほう」

源造はさらに身を乗り出した。

期待したとおりだった。

「闇坂の幽霊がね、町の人々に存在を知ってもらいたい、と」

庄兵衛も気風《きっぷ》のいい職人ながら、左門町の一膳飯屋のかみさんと同様、背筋をブルルと震わせ、

「それで、銀蔵を知る者にも声をかけた……と」

庄兵衛はさすがに鮫ガ橋の住人か、左門町のかみさんとは違い、端《はな》から〝銀蔵〟の名を、しかもなんの躊躇もなく出した。

(さすがはバンモク。うまくやってくれたようだ)

内心、思えてくる。

源造はとぼけ、顔は真剣に太い眉毛を大きく上下させ、

「するってえと、その声が誰の霊なのか、心当たりはありなさるのか」

「あります」

「ほっ」

源造の眉毛がまた動いた。

庄兵衛は話した。谷丁で菓子屋の暖簾を張っていたあるじで、きのう骨董屋の晋兵衛からも聞いた、京介《きょうすけ》という男だった。長《なが》の患《わずら》いで借金がかさみ、銀蔵の質屋が女房の帯だけで請人《うけにん》なしで法外な金子《きんす》を用立ててくれた。利子も法外だったが病気さえ治ればと銀蔵に感謝し、質入れ札ではなく借用書を書いた。そこから借金がかさなったのだった。病気は治らず、店の前では銀次郎の仲間の与太が二人ほど、

「――金、返せ！」

「――この泥棒！」

と、連日叫び、夜中に〝借金返せ〟と書いた紙切れまで雨戸に張りはじめた。

当然、店に客は来なくなり、幾枚目かの証文に書いたとおり店は銀蔵にとられ、

いま空き家になっているという。病気が治らないまま京介は明け渡しの前日、天井の梁《はり》にぶら下がり、残った家族はその夜から行方不明になった。

骨董屋の晋兵衛や近所での聞き込みからは、そこまで詳しくは分からなかった。桶屋の庄兵衛が菓子屋の京介とは近所で親交があったから、内情をかなり聞いて知っていたのだろう。

その京介の声と、

「いま思えば、よく似ておりやした。あっしと気が合う野郎だったのでさあ。あのときは、なんで生きているうちに助《す》けてやらなかったと、あっしゃあ悔し泣きしたもんでさあ」

京介のことが念頭を離れなかったから、その声と思い込んだのかもしれない。しかし庄兵衛にとっては、思い込みでも錯覚でもない。いまはそう信じているのだ。

さらに言った。

「親分さん。実は、京介の女房のお芳《よし》さんと娘のお恵《けい》ちゃんの居所、うちの女房が知っているのでさあ」

「えっ」

源造にとっては願ってもないことだった。きょう午前中の聞き込みでは、一家離散した家族は亭主の賭け事が原因で、その行方は誰も知らず、そのほか夜逃げをした家族などの消息を知る者もいなかった。

女房は亭主に呼ばれると待っていたように入ってきて、

「はい。お芳さんとお恵ちゃんは、いま川向うの本所深川《ほんじょふかがわ》に……」

忍ぶような声で語り、

「是非、ぜひ、仇を討ってくださいまし」

懇願した。声が大きくなった。亭主たちと同様、お芳と親しかったようだ。

さらに、

「親分さん。あたし、お芳さんから誰にも話してくれるなと言われていたのですが、案内します。説得します」

「おう、俺も行くぜ。一緒に説得しようじゃねえか。いまからでもよ」

庄兵衛は腰を浮かせた。

源造にとっては、銀蔵と銀次郎の親子をお白洲《しらす》に引っぱり出したとき、証言する者が町内の噂話だけでなく、生き証人が欲しいのだ。それを立ててこそ、同心の旦那に対する源造の手柄は完結するのだ。

「親方さん、よく言ってくれた。で、仕事のほうはおっ放《ぽ》りだしてていいのかい」

「いいってことよ、親分さん。考えてもみなせえ。京介め、銀蔵に出たあと、俺にも出やがった。ありゃあきっと、仇を討ってくれと頼みたかったのに違《ちげ》えねえ。それを気づかせてくれたのが世間さまでさあ。きょうの噂でよう、誰が言いだしたか知らねえが、それもきっと京介があの世から言わせているのよ」

「そうですよ、おまえさん。さあ、親分さん。参りましょう、いまから！」

夫婦が息を合わせたようすは、

（ほんとうに昨夜、京介の霊がバンモクに乗り移っていたのかもしれねえ）

源造にも本心から思わせる迫力があった。

三人は出かけた。

谷丁と表丁のあいだの通りに出たとき、

「あらあ、これは桶屋の庄兵衛親方、聞きましたよ。あらら、おかみさんも源造親分もご一緒で」

ちょうど左門町の一膳飯屋のかみさんのような女が前掛姿で駈け寄ってきて、

「あっ、分かった。あの噂、調べてなさるんだ。ほら、京介さんの霊がさあ、庄兵衛親方になにやら頼んだって。えっ、それを岡っ引の親分まで合力して？」

このかみさん、自分の頭の中で話がよくまとまっていないようだ。幽霊がらみの話では無理もなかろう。

（まずい）

源造は思った。広がり過ぎて、源造が動いていることまで、すぐそこの角を曲がった銀質に聞こえたのでは、李之助も懸念しているように、警戒を呼んでしまうことになる。

「ははは、おかみさん。ちょいと方向が一緒になっただけさ。霊ってなんだい。俺は岡っ引でお寺じゃねえぜ」

源造はかみさんを手で追い払う仕草を見せた。噂はすでに〝確かなこと〟として、かなり出まわっているのが、そこからも読み取れる。

李之助は当初、そのような噂をながすなど、

（ばかばかしいこと）

と、思った。

だが、人にはばかばかしいことでも、信じたい気持ちもある。そこに李之助は、悪くいえばつけ込んだことになるのだ。

杢之助が湯屋から戻ってきたのは午過ぎだった。ずいぶんと長い湯だった。

午前《ひるまえ》には湯舟の中で新たな客が、

「松と竹が聞いたのってよ、ありゃあ本物の幽霊の声だったらしいぜ」

「まさかあ」

「いや確からしい。誰かに恨みがあって、それを知ってもらいたい……と」

「おい、よせよ。熱い湯でも冷《ひや》っとすらあ」

話しているのを聞いた。

やはり人々は信じたがっているのだ。

しかし、

『そのとおりだってねえ』

などと、杢之助は口を入れることはできなかった。一膳飯屋のかみさんに話したのは、あくまでも源造との約束で〝策〟としてのことだったのだ。

まして松次郎と竹五郎には言えない。

『闇坂で松つぁんと竹さんを呼んだ〝ぼわっ〟とした声さ、本物の幽霊だってよ』

など、からかっているのならまだしも、面と向かって謀《たばか》ることになる。いくら胸中で詫びながらでも、できることではない。

それを松次郎と竹五郎のほうから言ったのは、午《ひる》をかなり過ぎ二人が、

「あー、疲れたぜ」

と、湯に行き戻ってきたときだった。すこし木戸番小屋で横になり、また夕刻まで杵をふるうことになる。

すり切れ畳の上で、

「杢さん。俺、湯に浸かりながら寒くなったぜ」

「俺もだ」

と、二人は真剣な表情だった。

「あゝ、あの噂かい。儂《わし》も聞くだけは聞いたよ」

「あれ、杢さん。信じないのかい」

「本当なんだぜ」

交互に言う。やはり二人とも信じたがっている。

「そういうことも、あるかもしれないなあ」

杢之助は逃げ、心で詫びた。

源造と桶屋の庄兵衛夫婦が大川（隅田川）の永代橋を渡り本所深川に入ったの

は、太陽が東の空にかなりかたむいた時分だった。

元菓子屋のお芳とお恵の母娘は、富岡八幡宮《とみがおかはちまんぐう》の広い門前町の片隅の裏長屋に逼塞《ひっそく》していた。

お芳は門前通りの茶屋で通いの茶汲み女をしており、お恵はまだ九歳で、近くの商家の子守りをして幾許《いくばく》かの給金を得ていた。

源造にも見覚えのある顔だった。

闇坂の噂は、ここまではながれてきていなかった。

「ほっといてください」

と、お芳は自殺した亭主の件でお白洲に出るのを拒《こば》んだ。軽率に借用証文に署名捺印してしまったことを恥じているのだ。それに証人とはいえお白洲などへ出れば、いま住んでいる町の町役《ちょうやく》もつきそうことになる。

——亭主は借金で自殺した

長屋にも町内にも知られてしまう。

お恵も、父親が自殺した子供……子守りもさせてもらえなくなるだろう。

本所深川にも住めなくなる。

それでも庄兵衛は言った。

「俺、京介の声を聞いたんだぜ」

「えっ」

お芳は驚愕し、

「ほ、ほんとうですか！」

信じた。まともな死に方でなかったからには、なおさらであろう。

「お父《とっ》つぁん！」

お恵は父親を懐かしがり、泣き出した。

おかみさんも懸命に説得し、さらに源造は言った。

「銀蔵と銀次郎親子の首を、そろって獄門台に乗せるためだぜ」

「そう、そのとおりですぜ。京介もそれを望んで、俺の名を呼んだのに違《ちげ》えねえ。そうとしか思えねえ」

「そうですよ、お芳さん。そうしなきゃ、京介さんの霊は浮かばれませんよ」

庄兵衛夫婦はさらに声をそろえた。

陽が落ちかかった時分だった。お芳はお白洲に出ることをようやく承知した。

その夜、庄兵衛夫婦は本所深川の旅籠《はたご》に泊まり、夜遅くまでお芳とお恵の母娘と時を過ごした。

源造が四ツ谷御箪笥町に帰ったのは、町々の木戸が閉まる夜四ツ（およそ午後十時）の時分だった。

三

翌朝、木戸番小屋の外に松次郎と竹五郎の声が聞こえ、餅つきが始まったころだった。おミネや一膳飯屋のかみさんの声も聞こえる。

あと一日で、大晦日《おおみそか》を迎える日となった。

「この分なら、あしたは徹夜にならず、陽のあるうちに湯へ行けそうだぜ」

松次郎の声だ。

竹五郎の声も聞こえた。

「あれ。おめえさん、四ツ谷御門前の炭屋の……」

「へえ、義助です。木戸番さんにちょいと」

義助が左門町の木戸に駆け込んできたようだ。

（ほっ。なにか進んだな）

杢之助が腰を上げるよりも早く、

「木戸番さん、うちの親分がーっ」

義助が三和土に飛び込んできた。

「おう。で？」

「すぐ来てくれ、と」

「そうか」

杢之助は三和土に下り、草鞋《わらじ》の紐《ひも》を結びながら、

「それで、どのような」

「ともかく来てくれと」

義助は用事の内容は聞かされていないようだ。

「また、ちょいと出かけてくらあ」

頬かぶりをしながら松次郎らに声をかけ、街道に出た。

「なんでもうちの親分、きのうは遠出をして、帰ったのはすっかり夜更けてからだったようで」

と、急ぎ足のなかに義助は言った。

「どこへ？」

「さあ」

とぼけているのではなく、ほんとうに知らないようだ。

あしたが大晦日とあっては、周囲の動きが気分的にも忙《せわ》しなく感じられる。

源造は出かける支度をして待っていた。それも忙しそうに見えるが、

「おう、上がれや。義助、帰っていいぜ。用があればまた呼ぶから、きょうあしたはどこへも行かず、家の手伝いでもしていろ」

と、杢之助だけを手招きした。

義助たちを下っ引にしているにはずいぶん冷たいが、理由はすぐに分かった。

〝幽霊〟の噂から源造は始めたのだ。

いつもの小さな庭に面した居間で、二人は向かい合っている。

源造は咳払いをした。こればかりは杢之助が一膳飯屋のかみさんから松次郎や竹五郎たちまで〝誑かしている〟ように、義助や利吉にも手足となる下っ引とはいえ、噂の〝からくり〟も〝ぼわっ〟とした声が法螺貝《ほらがい》であったことも、知られてはならないのである。

「ほう。桶屋の親方夫婦がなあ。菓子屋のご新造《しんぞ》と娘は深川に……いたわしいなあ」

杢之助は源造の話に溜息をつくとともに、噂が奏功《そうこう》したことを感じ取った。

「それでよ、俺はこれから北町へ行ってくらあ」

外濠《そとぼり》呉服橋御門内の北町奉行所だ。

「お奉行所もいよいよ年の瀬で立て込んでいるだろうが、同心の旦那をせっついて与力さまに働きかけてもらい、きょうあすにも打ち込んでもらわあ」

「できるのかい」

「説得すらあ。おめえの編み出した噂のおかげでよ、銀質の銀蔵と銀次郎を挙げるのは、もう町の声になっているからなあ。町衆に安心して正月を迎えさせるためだってえこと、同心の旦那に迫ってみらあ」

「ほう、町の声なあ」

杢之助はむずかゆい思いになった。

「なあ、バンモクよ」

と、源造が不意に深刻な顔になり、眉毛をひくひくと小刻みに動かしはじめた。

「なんでえ」

「ふふふ。おめえにだけは話しておこう。実はな……」

だみ声が低くなった。

「今年はなあ、北町に大きな捕物もなく、南町に差をつけられているのよ」

「ほう」

「それで俺っちも同心の旦那から頼まれていてなあ、なんでもいいから打ち込める山を找《さが》せってよ。それも手証があって、絶対に打ち首か遠島に持っていける山じゃねえとならねえってな。そこへこの話を持って行ってみろい」

「あんたの手柄、大きいぜ」

「ふふふふ」

源造の眉毛が、また大きく上下した。

（なるほど）

もちろん源造の正義感の強いことは、杢之助は認めている。それ以上に、こたびの源造の熱心さに、杢之助は得心するものを感じた。

「ともかくだ、きょうあすはおめえ、左門町にいねえ。といっても行くところはねえだろうが、あはは。ま、いつものようにしておきねえ。なにか急な動きがありゃあ、おめえも知りてえだろう。義助か利吉をまた走らせてやらあ。きょうはまあ、おめえも事の経緯《いきさつ》を知りたがっていると思ってな」

言いながら源造は腰を上げた。

「あゝ、頼まあ。あんた、若いから体力があっていいよ」

「こきやがれ」

　杢之助もつづいて腰を上げ、源造は先に立って廊下に出た。

「あれあれ、杢之助さん。朝からお呼び立てして申しわけありませんねえ」

　女房どのがまた外まで出てきて見送った。

　源造とは街道に出てから西と東に別れた。

　源造は外濠沿いの往還《おうかん》を江戸城東面の呉服橋御門まで行く。いまからなら午前《ひるまえ》には着くだろう。

（きょうは無理だとしても、源造さんが生き証人を確保しているなら、あすの打ち込みはあるかもしれねえ）

　思いながら左門町のある西方向に歩をとったが、

（せっかく出てきたのだ。鮫ガ橋に寄って〝噂〟の広がり具合でもみてみようか）

　左門町の木戸番小屋はいま留守居《るすい》にこと欠かないしと、軽い気持ちで鮫ガ橋につながる枝道に入った。街道からなら沿道の町場を抜け、その背後の武家地を過ぎ、つぎに出た町場が鮫ガ橋だ。江戸の町衆なら誰でもそうだろうが、白壁のつづく閑静な武家地から雑多な町場に入るとホッとしたものを感じる。

（さてと）

李之助はまた二、三の木戸番小屋に立ち寄り、

「左門町《うち》にも鮫ガ橋からみょうな話がながれてくるが、ほんとうかね」

世間話のついでといった風情で問いを入れた。

「あゝ。ありゃあ谷丁の菓子屋の京介旦那らしいって、みんな言っているよ」

別の名を出す者もいたが、その背景に銀質のいることが、銀蔵の名前こそ出さないものの、口ぶりで分かった。いずれもがひそひそ声になり、背筋をぶるると震わせていたのだ。

「左門町の人、帰るとき闇坂は通らないほうがいいよ」

と、真剣な表情で言う同業もいた。

わずか一日で噂は広がり、かつ信じられている。

「そうするよ」

と、李之助も真剣な顔つきで返した。

実際、怖がっているように闇坂は避け、雑多な町場の往還を幾度も曲がり、忍原横丁を経て左門町の通りに入った
ちょうど通りの中ほどの一膳飯屋の前に出た。

「あ、ちょいと李さん」

呼びとめられた。一膳飯屋のかみさんは蒸籠運びで、木戸番小屋の横と店のあいだを行ったり来たりしている。

「どこへ行っていたのさ。忍原？　いや、鮫ガ橋だろう。噂を確かめに？」

「あゝ」

杢之助が立ちどまると、かみさんは勢い込んで駈け寄り、

「で、どうだった！」

「鮫ガ橋の同業二、三人に訊いてきたよ」

「えっ、向こうの木戸番さん！　誰の、誰の声？　松つぁんと竹さんが聞いたの」

杢之助が声を落としても、一膳飯屋のかみさんの声は大きい。

「えっ。恨みの相手、分かったって⁉」

隣の湯屋のおかみさんが出てきて、そこへまた印判屋のおかみさんが加わり、さらに通りがかりの行商人も二人ほど、
寄ってきた。

「ほんとに出たんですかね」

（もう実名を出してもいいだろう）

杢之助は判断した。源造への後詰というより、すでに〝町の声〟になっている。

しかし、みずから命を絶った者の名を出すのはホトケに申しわけない。それに、知らぬは当人ばかりなりで、こうした噂は標的にされている本人の耳には入りにくいものだ。たとえ入ったとしても、

――幽霊の声

では、銀蔵も銀次郎も鼻であしらい、打ち込みが目前に迫っていることなど気づきはしないだろう。それに、いまからでは手証隠しは間に合わない。

杢之助は言った。

「確か、向こうの人、銀質って言っていたねえ。そこへの恨みで、成仏できない人が一人や二人じゃないって」

「えっ、銀質？　分かったよ、杢さん！」

一膳飯屋のかみさんの声が、さらに大きくなった。

「あっ、あたしもっ」

印判屋のおかみさんがつないだ。

「それなら、銀蔵だ」

言ったのは行商人の一人で、もう片方の行商人もうなずき、左門町のおかみさん連中も、

「あっ、その名。聞いたことある。非道い質屋だって」

「そう。確かに銀質っていう名だった」

　口々に言う。

　これが鮫ガ橋では、あちこちの路地や軒端《のきば》で実名が住人たちの舌頭に乗り、生々しく語られているのであろう。

「ともかく、そういうことでさあ」

　と、杢之助は木戸番小屋に向かった。

　行商人もまじえ、おかみさん連中が路傍の一群となってまだひそひそと語り合っている。すでに年の瀬に、大向うを唸《うな》らせる備《そな》えは出来上がったようだ。

「おぉう。精が出るなあ」

「おう、杢さん。部屋でゆっくりしていなせえ」

　杢之助のかけた声に、松次郎が杵を振り上げながら応えた。

「あはは、松つぁん。木戸番さんがそのつもりでも、すぐ外がこうも景気いいのじゃゆっくりもできないよ」

　たまたま蒸籠をおミネと運んできていた清次が言った。

「また湯にでも行けば」

「そうさせてもらいますさあ」

おミネが言ったのへ李之助は応え、木戸番小屋に入り草鞋を下駄に履き替えすぐに出てきた。頬かぶりしていた手拭を肩にかけている。

「そうだ、李さん。私もいまのうちに行くよ」

「へえ。湯舟で待っておりやす」

おミネの言葉がきっかけになったか。李之助と清次は素早く目配せをかわした。李之助は木戸番小屋でゆっくりしていて、松次郎と竹五郎が休憩に入ってくるのを恐れた。

（できれば幽霊の声の噂、まだ耳に入っていねえなら、他の者から聞いて欲しい）

願っている。二人を〝誑かしている〟以上、自分の口からは言えない。

李之助が柘榴口《ざくろぐち》をくぐり、薄暗い湯舟に浸かってからすぐだった。

清次が入ってきた。

――バシャン
李之助は湯音を立て、

「これはおもての清次旦那。こちらが空いてますぜ」

「おゝ、これは木戸の李さんかね」

清次は李之助のすぐ横で首まで浸かった。

他に三、四人の客が入っている。いずれも町内の顔なじみだ。声で分かる。

「いやあ実はさっき、ほれ、闇坂のこと。気になって鮫ガ橋の同業に、どんなようすか訊きに行ってきたんでさあ」

「ほう。それでどうだったね」

話しはじめた。まったく木戸番人と街道おもてに暖簾を張っている旦那との話しようである。

「えっ、李さん。ほんとうかい。聞きてえ」

「おう。俺も聞きてえぜ」

町内の職人たちで、午後には松次郎や竹五郎と杵を交替する面々だ。薄暗い中に清次を含め、耳目は李之助に集中した。

李之助はさきほど一膳飯屋のかみさんたちに話した内容よりさらに詳しく、鮫ガ橋の木戸番人たちから聞いた話として、銀質の銀蔵、菓子屋の京介などの実名も出して話した。

「あの質屋、噂には聞いていたが許せねえぜ」

「そりゃあ京介旦那とやら。化けて出ても不思議じゃねえや」

「なるほど、松も竹も祟られたんじゃなくって……」

——バシャ、バシャ

「そうさ。見込まれたのよ」

——バシャン

職人たちが湯音を立てながら話している隙に、

——バシャバシャン

杢之助はさらに音を立て、

「たぶんあしたか、源造の案内で打ち込みがあるかもしれねえ」

素早く清次に耳打ちした。

湯舟の中は暗く、一人ひとりの動きは見えない。

「私はこのあと午《ひる》の仕込みがあるので」

あとから来て一番先に体で湯音を立てた。

「おっ、清次旦那。カラスの行水ですかい」

職人の一人が、柘榴口を出る清次の背に声を投げた。

話はこのあと、

『いやあ、松つぁん、竹さん』

と、〃打ち込み〃の話はのぞき、清次から松次郎と竹五郎に伝わることだろう。清次は杢之助の心情を心得ているのだ。

『へん、どうでえ。俺たちが聞いたのは空耳なんぞじゃなくって』

『本物だったんだぜ』

松次郎と竹五郎は周囲に自慢することだろう。

だが、背筋は人知れずぶるると震わせるかもしれない。

四

夕刻が近づいた。

餅つきは蒸籠の湯気が途切れることなく順調に進んでいる。

「おう、杢さん。この分だとあした、陽のあるうちに終われそうだぜ」

「大晦日ぐらい、ゆっくり湯に行きたいからなあ」

松次郎と竹五郎が臼《うす》と杵と蒸籠置きの台を木戸番小屋に運んできた。

「さあ。行こうぜ、竹」

「おう」

二人は頭に巻いていた手拭を肩にかけ、

「聞いたよ。杢さんが鮫ガ橋まで行って、聞いてきてくれたんだって?」

「そうそう、それ。幽霊に見込まれるなんざ初めてだ。餅つきさえなけりゃ、いまからでも銀蔵の質屋へ乗り込んで、京介旦那の仇を討ってやるのによう。鮫ガ橋のお人ら、いってえなにやってやがんだろうなあ」

「松つぁん、本気かい」

竹五郎が心配そうに言った。

二人は狭い三和土に立ったままだ。

「あたぼうよ。年明けだ。なあ竹、まっさきに鮫ガ橋へ行こうぜ」

「う、うん」

竹五郎は二の足を踏んでいるようだ。無理もない。幽霊からの頼まれ事など……。

「それより松つぁんも竹さんも、早くしねえとまた残り湯になっちまうぜ」

「おっ、いけねえ」

「さあ、松つぁん」

「おう」

二人は敷居を飛び越え、湯屋へ走った。

「おぉう、二人とも。ま、いいか」

　李之助は狭くなった三和土に下り、二人が開け放したまま行ってしまった腰高《こしだか》障子《しょうじ》を閉めた。

　陽が落ちた。

　あたりはこれから急速に暗くなる。それに更ければ、月末《つきずえ》であさっては元旦の月初めだから新月で月明かりはない。

「おっと、火種をもらってくるのを忘れた」

　また三和土に下り、書き入れ時のおもての居酒屋を避け、長屋の大工の部屋から火をもらい、油皿の灯芯《とうしん》に火を移した。

（さて、義助どんも利吉どんも来ぬが、源造さんのほう、どうなったかな）

　思いながらも、

（きっとある）

　源造の話しぶりから、李之助は確信している。打ち込みがあるなど、洩らしてはならないことなのだ。

　外からの明かりはなくなり、部屋の中の灯りは油皿の灯芯一本のみとなった。

　普段ならこの時刻、左門町の通りに人通りは失せ、ときおりぶらい提灯《ちょうちん》の灯り

が揺れるのみとなるのだが、あしたが大晦日というきょう、ひっきりなしにではないが、

（ほう、またか）

杢之助が思うほど、ぶら提灯の灯りとともに下駄や草履《ぞうり》の音が聞こえる。酒屋など商家の手代や番頭が売掛《うりかけ》の集金にまわり、まわられるほうは逃げるか金策に奔走しているのだろう。

「ん？」

杢之助は腰高障子のほうへ目をやった。草履の足音が素通りせず、近づいてくるのだ。

（道でも訊きに来なさる人か）

思うと、提灯の灯りを腰高障子に感じると同時に、

「左門町の木戸番さん。おいでござんしょうか」

声は低く、顔を障子戸に触れるほど近づけているようだ。そのような所作は、清次でもなければ真吾でもない。この二人なら気配で分かる。

「どなたかな。心張棒《しんばりぼう》はめておりやせん。入りなせえ」

「へえ」

腰高障子が開き、ぶら提灯の灯りに浮かんだ顔は、

「あっ、おめえさんは！」

思わず杢之助は腰を上げた。

「はい。鮫ガ橋表丁の晋助でございます、あの骨董屋の」

せがれで〝ぼわっ〟とした声の張本人がこんな時刻に杢之助のところへなど、尋常ではない。

「どうしなすった。ともかく入りなせえ」

「へえ」

晋助は敷居をまたぐと腰高障子を閉め、

「かような時分に申しわけありません」

「ま、座りなせえ」

「いえ、このままで」

晋助は臼や台を避け、三和土に立ったまま、しかも提灯の火も消さないまま、

「ご不審にお思いでしょうが、ついここへ来ずには……」

話しはじめた。口調も所作も落ち着いているが、気は焦っているようだ。しかも鮫ガ橋からここまで、相当速足で来たような息遣いだ。

「先日、木戸番さんがおいでになり、そのあとすぐ源造親分が来られました。法螺貝のからくりを見破りなされたの、源造親分ではなく木戸番さんだと、私もおやじも推測しております」

「そんなこと、どうでも……。で、ご用件は？」

「それなんです。助けてください」

「銀蔵か銀次郎が、なにか言って来やしたかい」

「いえ。その逆なんで」

「え？　さあ、座りなせえ。提灯の火も消して」

「はい」

晋助はしたがい、すり切れ畳に腰を下ろすと身を杢之助のほうへねじり、にわかに早口になった。

杢之助は胡坐のまま威儀を正し、聞く姿勢をとった。

「すでに菓子屋の京介旦那のことはお聞きおよびかと思います」

「あゝ」

杢之助は返した。おそらく晋助が言っているのは、京介が梁で首を括り、女房のお芳と小さな娘のお恵がいなくなったことだろう。きのう源造が桶屋の庄兵衛夫婦の案内で本所深川に、お芳とお恵の母娘を訪ねたことまでは知るまい。

晋助はつづけた。

「そうなりそうな話が、もう一つあるのです」

「えっ。なりそうな？」

「はい。伊賀町の蕎麦屋《そばや》で、信州屋さんです」

「あそこなら、おまえさん」

杢之助は言いかけて、すぐ晋助に先をうながすように手で示した。伊賀町は街道に面し、左門町からも近く、源造の塒《ねぐら》がある御簞笥町の西隣の町場である。

確かにそこに信州屋という、奉公人が七、八人もいそうな、けっこう大きな蕎麦屋があった。だが二月《ふたつき》ほど前から暖簾を降ろし、人は住んでいるようだが店は閉めたままになっている。きょうも杢之助はその前を通って御簞笥町に行ったのだ。

「はい。店は閉じております」

晋助は杢之助が言いかけたことを解し、さらに急ぐようにつづけた。

「理由は一年ほど前からご亭主の吾三郎《ごさぶろう》さんが病にかかり寝込んでしまい、あとは谷丁の菓子屋さんとおなじと思ってください。いえ、吾三郎さんは、まだ臥《ふ》せっておいでです」

信州屋への取り立てが激しく、奉公人が一人やめ、二人やめ、客も少なくなり、それで暖簾を降ろさざるを得なかったようだ。

銀蔵の騙《だま》しのような巧妙な手口は谷丁の菓子屋とおなじで、異なるところは菓子屋の娘お恵が九歳なのに対し、

「信州屋さんにはお槙《まき》さんという、十六歳になる娘がおります」

晋助は言う。

「銀蔵が、そのお槙さん差し出せと、銀次郎が横恋慕しているのです。もちろん信州屋さんでは、お槙さんも、おふくろさんのお長《ちょう》さんもかたくなに拒み、病の床の中で吾三郎さんは死にたいと、お長さんはお槙さんを殺して自分も死ぬと、お槙さんはそれでいい、と……」

晋助は言葉を切り、早口のなかにも大きく息を吸い、

「そう話したのがきのうのことでして」

「なんだって」

話は切迫しているようだ。

「実はそのお槙さんと醤油屋の忠吉が情交《わけ》ありでして、私は忠吉に相談され、法

螺貝のあの声を思いついたのです」

　晋助はあらためて内幕を白状し、

「あしたは大晦日です。夕方、忠吉のおふくろさんがうちへ駈け込み、忠吉の姿が見えないと。台所の出刃包丁が一本なくなっていると。おやじさんは街道の信州屋さんへ走ったとか」

「それで？」

　状況はかなり分かってきたが、その先が肝心なようだ。

「俺……」

　と、晋助の口調は余所行きから普段のものへと変わった。

「うちのおやじと相談し、こう言っちゃなんですが、木戸番さんは岡っ引みてえに、まるっきりお上の手先じゃない。あ、失礼なことを」

「いや、そのとおりだ」

「へえ、どうも。ともかく相手は銀蔵に銀次郎の親子で、与太みてえな者もついている。そこへ出刃を持って……」

　読めてきた。骨董屋の晋兵衛の判断は冷静だった。源造に知らせれば、忠吉のほうがお縄になりかない。自身番に願い出て町の若い衆を駆り出したなら、信州屋の借金もお槇が銀次郎に狙われていることもすべて明るみに出る。信州屋は吾三郎の病が治っても、もう伊賀町の界隈には住めなくなるかもしれない。

晋助は言った。

「この左門町や忍原や麦ヤの一帯は、木戸番さんと手習い処の榊原さまがいなさるから波風立たない、と。鮫ガ橋にも聞こえています」

立たないのではなく、立ってもおもてに出ないようにしているのだ。それはともかく、晋助はつづけた。

「手習い処のお師匠に木戸番さんから一走り、ご助力願えませんか」

「切羽詰まっているじゃねえか」

杢之助は腰を上げた。醤油屋の忠吉が銀蔵か銀次郎を刺したらどうなる。いま忠吉は出刃包丁をふところに、この冷え込むなか鮫ガ橋か伊賀町の町場のどこかに潜んでいるはずだ。急がねばならない。晋助もいまは、忠吉のおやじさんが信州屋に走ったあとのことを知らない。なにも分からないづくしのなかで、一つ救われることといえば、

「うちへ忠吉のいなくなったことを知らせに来たおふくろさんが、ひとまず醤油屋に帰り、連絡を待つことになっております」

谷丁の醤油屋が詰所になる。骨董屋の晋兵衛もおかみさんもお隣に聞き耳を立て、すき間からのぞき、銀蔵や銀次郎の動きが視界に入ればすぐさま醤油屋に知らせることになるだろう。

「晋助どん。ここに待っていなせえ」

李之助は木戸番小屋のぶら提灯に火を入れ、三和土に下りた。

「あ、俺も」

「ここを留守にはできねえ」

李之助は腰高障子を開け、

「そうそう。おもての居酒屋から誰か留守居に来るかもしれねえから」

障子戸を閉めた。

木戸を出るとさりげなく居酒屋の暖簾を頭で分け、

「あら、李さん」

「ちょいと清次旦那に」

おミネの声に返し、調理場に顔を入れた。客は三人ばかりで忙しそうでもなかったのがさいわいだった。

「鮫ガ橋の若い者《の》が銀蔵を狙い、出刃を持って出た。骨董屋のせがれが知らせに来た。手習い処へ合力を頼みに行ってくる。留守居頼む」

低声で手短に話したのへ、清次は包丁でまな板にトンと音を立て〝承知〟の合図に代えた。

いつもならこの時刻、街道はときおり提灯の灯りを見る程度なのだが、きょうはその灯りの動きが多く、しかもせかせかとしている。

横切り、麦ヤ横丁の通りに入った。ここにも提灯の灯りが一つ二つ動いている。

「ご苦労さんです」

「はい、こんばんわ」

すれ違い声をかけ合うのは、お互い怪しい者じゃありませんよとの合図でもある。

(きょう一日、凝《じ》っと過ごしさえすれば……)

あしたには源造が案内役に立ち、北町奉行所の捕方《とりかた》が鮫ガ橋になだれ込むはずだ。鮫ガ橋表丁の自身番が、同心たちの詰所になるだろう。

(ともかく、きょう一日)

思いながら手習い処のある脇道に入った。

出てきたのはすぐだった。

真吾が一緒だ。型崩れはしているが洗濯は常にしている袴《はかま》に厚手の半纏《はんてん》を羽織り、腰には大小を帯びている。

低い声で白い息を吐いた。

「今宵、一日だな」

「へえ。あしたには、相違ねえはずです」

「ふむ」

話ながら左門町に返した。

木戸番小屋の腰高障子を開けると、

「お師匠さま」

晋助は腰を上げ、頭《こうべ》を垂れた。

「うむ。そなたが骨董屋の晋助か。杢之助どのから聞いた。行くぞ」

「は、はい。えっ、木戸番さんも！」

拍子木の紐を首にかけ、下駄をつっかけ、手拭で頬かぶりをした杢之助に晋助は言った。

「あはは。夜更けてから町を歩くには、これがものを言うのさ」

〝四ツ谷　左門町〟と墨書されている木戸番小屋のぶら提灯をかざした。

「あらあ、お師匠も。またどこへ」

清次に言われたか、ちょうどよくおミネが留守居に来た。

「ふむ」

「きょうも悪いなあ。ちょいと野暮用で」

真吾はうなずきだけ返し、杢之助も曖昧に応え敷居を外にまたいだ。

「ん、もお」

背におミネの声が聞こえた。

晋助は詳しく説明し、杢之助は急いで真吾を呼びに行ったが、晋助が左門町の木戸番小屋の腰高障子を開けてから、まだ小半刻（およそ三十分）と経ていない。

五

急ぎ足だ。

街道を東へ進んでいる。信州屋のある、伊賀町に向かっている。

晋助は真吾の足元を照らすように提灯を下げて持ち、その二人のうしろに頬かむりですこし前かがみの木戸番姿で杢之助がつづいている。このあと、いずれに潜みどのような立ちまわりがあるか知れない。白足袋に下駄を履き、木戸の提灯を手に拍子木を首から提げておれば、他の町の自身番に咎《とが》められても、『ちょいと不審なやつを見つけ、ここまで尾《つ》けてきやしたので』と、言いわけが立つ。

その下駄から、音が聞こえない。杢之助の身についた癖なのだ。だから昼間、源造の塒に行くとき、故意に草鞋を履くのは遠いからというより、源造に気づかれたくないからだ。そのことに気づいているのは真吾だけである。もちろん清次は知っている。以前はともに夜の町を音もなく走っていたのだ。

真吾はなにも詮索しない。

「——人はそれぞれ」

なのだ。

だが、気を遣ってくれている。

速足のなかに、

「それで、銀蔵と銀次郎はいま家には」

「はい、おりませぬ。おふくろが用事をつくって裏の勝手口から伺いを入れ、確かめましたから」

「ならば考えられる行先は」

「いずれかで一杯飲んでいるか、阿漕《あこぎ》な取り立てにあちこちまわっているか」

「で、その道筋のいずれかに忠吉が出刃を持って、潜んでいるかもしれぬと」

話しかけているのは、うしろにつづく杢之助の足元に下駄の音がないことに気づかせないための配慮である。

だが話している内容は、今宵の策のため聞いておかねばならないことだ。

「はい」

晋助は応えたものの、銀蔵たちがまわりそうなところは、信州屋以外に心当たりはないという。無理もない。家財を質入れしたり、まして借財を抱え込んでいるなど、どの家だって隠したがる。

三人の足は、伊賀町に入った。街道の両脇の商舗《みせ》はいずれも大戸《おおど》や雨戸を閉め、暗いなかにその閑散としたようすは不気味な感じがする。

日暮れてからも売掛金の回収にまわっている番頭や手代は、おもての大戸や雨戸に音を立て叩いたりしない。日ごろのつき合いから相手を慮《おもんぱか》り、裏手からそっと訪《おとな》いを入れる。居留守をつかう家や商家もあろうが、それはそれでまた年の暮れの風物詩である。だが銀蔵・銀次郎親子の場合は、その度をはるかに超えていると言わねばならない。

「ここです」

信州屋の前に立った。

「裏手へ」

うしろから杢之助はそっと言った。

「へえ」

晋助が先頭に立ち、信州屋の勝手口に通じる脇道へ入った。そこから板塀沿いに路地を曲がったところに、勝手口の板戸がある。

せがれの暴走を恐れ、信州屋へ走った忠吉の父親は、

「お長さんや、お長さん、お槙ちゃん」

板戸のすき間からそっと白い息を入れた。

忠吉の父親がお長とお槙をそのように呼ぶのは、互いに面識があるだけでなく、せがれとお槙のあいだを認めているからでもあろう。蕎麦屋と醤油屋なら似合っていようか……。

返事がない。

ふたたび低声を入れ、軽く板戸を叩いた。

やはり反応がない。

大きく叩いたり、声を上げたりはしない。信州屋に悪いからだ。

(気がつかなかったか)

いくらか間をおいて、もう一度くり返した。

無反応だ。

(お長さんやお槇ちゃんが、わしの声を聞き間違えるはずはない)

ほんとうに留守だと思った。

(銀蔵から逃げているのか。病人を抱え、この寒空にいったいどこへ)

心配しながら、さらに、

(ならば忠吉は、いまどこで何をしている)

寒さよりも恐怖で全身の震える思いを堪《こら》え、その場を離れた。

このとき、お長もお槇も、さらに病床の吾三郎も屋内にいた。奉公人はもう一人も残っていない。だが、家族三人以外にも人がいた。銀次郎と仲間の与太二人だ。

この三人は、忠吉のおやじさんが裏の板戸に声を入れるすこし前に来ていた。

「――おふくろさん、いなさるかい」

裏手にまわって板戸を強く叩き、声を上げる銀次郎に、お長は慌てて裏庭に走り板戸を開けた。少しでも間を置くと板戸や板塀を激しく蹴り、わめき声が近所にも聞こえはじめることが分かっているからだ。

中に入れた。

お槇は吾三郎の寝込む部屋に逃げ込み、震えている。

すぐだった。

「――どうでえ、おふくろさん。鮫ガ橋の菓子屋の京介さ、どう始末つけたか噂には聞いていなさろう。お芳さんとお恵はどこでどう野垂れ死んだか知らねえが、この家の者はそうさせたくねえから、きょうも俺がこうして来ているんだ」

「――理不尽な！」

「――理不尽？　冗談言ってもらっちゃ困りますぜ。証文はちゃんとあるんだ。なんなら出るところへ出てもかまいやせんぜ」

公事《くじ》になれば、信州屋は勝つかもしれない。だが質屋に借財をつくっていたことが町内に知られてしまう。

病床の部屋では吾三郎が、

「――うううっ」

うめき、十六歳のお槙はすすり泣いている。

そこへ裏の板戸が低く叩かれたのだ。

「――しーっ」

叱声《しっせい》を吐いたのは銀次郎だった。

居留守をつかった。

醤油屋のおやじさんの声であることはすぐに分かった。お長もお槙も、板戸を開けることはできない。それが忠吉の父親であればなおさらである。すでに谷丁の醤油屋と親戚になることを半《なか》ばあきらめているとはいえ、このようなところは断じて見られたくない。吾三郎も病床でうめきをしばし堪《こら》え、お槙は飛んで出たい衝動に耐えねばならなかった。

やがて板戸の向こうから人の気配は去った。

屋内では与太二人をかたわらに、銀次郎の脅しがふたたび始まった。

それを知らず、忠吉のおやじが脇道から出てきて、街道を鮫ガ橋のある南方向へ横切ったのは、晋助に真吾、杢之助の三人が暗いなかを西方向から信州屋の前に近づいたときだった。

昼間なら、

『あっ、忠吉のおやじさん』

と、晋助は声をかけていただろう。だが月末の星明りだけの夜だ。しかも忠吉のおやじさんは提灯を持っていなかった。

もし忠吉のおやじが、街道に揺れる二張《ふたはり》の提灯の灯りに顔を向けていたなら、あるいは明かりのなかにいる一人が、骨董屋のせがれ晋助であることに気づいたかもしれない。しかしおやじさんの脳裡はせがれ忠吉のことのみで、他にふり向けられるのは暗い足元への注意のみであった。

だが、前方の闇に人影が横切った気配を、杢之助は感じ取っていた。その気配に元気はなく、明らかに商家の売掛金回収の番頭や手代たちの雰囲気ではなかった。さらに杢之助は晋助から、忠吉のおやじさんが〝街道の信州屋に走った〟ことを聞かされている。それらの二つが重なり、

（――醤油屋のおやじでは）

脳裡に走った。

（――ん？）

と、杢之助ほど的確ではないが、真吾も前方に影がゆっくりと横切ったのを感じ取っていた。同時に、

(――杢之助どのなら、さらに感じたはず)

真吾は下駄でも足音を立てずに歩く杢之助の腰さばきに、〃忍び〃を直感したことがある。ならば、常人には感じられない気配をすくい取っていても不思議はない。

「――裏手へ」

杢之助が言い、

「――へえ」

と、晋助が先頭に立って提灯をかざし、信州屋の勝手口に通じる枝道へ入ったのはこのときである。だから杢之助と真吾のあいだで、〃気配〃についてなんらかの会話を交わすことはなかった。

だが、板塀沿いに信州屋の勝手口がある路地へ曲がるときには、

「ここだな」

杢之助がつぶやくように言うと、ふっと提灯の火を吹き消し、

「火を」

と、晋助にも消すように低く声をかけ、先頭に立ち、板塀に手をふれ、そろりそろりと進んだ。

このとき真吾は慥《しか》と感じ取った。

（やはりこの仁、さきほどの気配を読み取っていた。すでになにがしかの算段を立てたか）

以前にも闇走りをしたとき切羽詰まった状況で、浪人といえど武士である榊原真吾が木戸番人の杢之助に、

「――そなたが軍師だ。従うぞ」

言ったことがある。それほどに真吾は、杢之助のとっさの判断を信頼している。

提灯の灯りがないなか、三人の足は勝手口の板戸の前に来た。

「ここです、勝手口」

「しーっ」

晋助が言いかけたのへ杢之助は叱声をかぶせ、板戸のすき間に目を当てた。提灯に灯りをつけていたなら、内側からそれを感じ取られただろう。

「あっ」

と、晋助もそこに気づき、

（この人）

と、榊原真吾へのつなぎ役だけと認識していた木戸番人の杢之助に、従う気分になったようだ。

「榊原さま」

と、杢之助は板戸から目を離し、真吾にすき間を手で示した。

「どれ」

と、おなじように息だけの声で応じ、

「ふむ」

うなずいた。

屋内に灯りのあるのがかすかに感じられる。

晋助ものぞいた。

が、首をかしげた。なにも感じない。若いから目はいいはずだ。気配をすくい取ろうとする心の構えに欠けているのか……。仕方のないことだ。それほどかすかな灯りの〝気配〟なのだ。

「さっきの角へ」

また杢之助が先頭に立ち、街道の枝道から路地へ入る角に戻った。

「あと、心当たりといえば……」

晋助は困ったような口調で言った。信州屋の屋内は寝静まり、銀蔵も銀次郎も、さらに醤油屋の忠吉も来ていないと解釈したようだ。

その素人解釈が、杢之助には都合がよかった。

「晋助どん。つなぎの場は谷丁の醤油屋さんだったねえ。榊原さまと儂はこの界隈をすこしまわってみまさあ。おめえさんは新たな動きがないかどうか、醤油屋に戻ってみなせえ。儂らもすぐあとで伺おうよ」

「へえ」

晋助は応じ、街道のほうへ足元に気をつけながら進んだ。信州屋に気配がないとなれば、出刃を持ったまま忠吉はどこへ……つなぎの場へ戻るしかない。街道に出れば提灯の灯りがまだ揺れており、火はすぐにもらえるだろう。


鮫ガ橋に〝新たな動き〟はあった。銀蔵がどこへ行っていたのか、小僧を一人提灯持ちに帰ってきたのだ。骨董屋の隣である。聞き耳を立てていた晋助のおふくろさんが気づき、おやじの晋兵衛がすぐさま谷丁の醤油屋に走った。それとほとんど同時に、伊賀町の信州屋に気配なしと判断した忠吉のおやじさんが帰ってきた。やがてそこへ、晋助も顔をそろえることになるだろう。

醤油屋のおやじに晋兵衛、晋助の三人は鳩首する。

まだ銀次郎がいずれかへ出ている。

醤油屋のせがれ忠吉は、銀次郎を狙っている！

醤油屋も骨董屋もおふくろさんたちがつなぎのため家に残り、三人の男たちは手分けして再度真っ暗な町場へ探索に出ることになるだろう。さらに、桶屋の庄兵衛にも合力を頼むかもしれない。手を貸すだろう。あの因業《いんごう》質屋のために、

(忠吉を罪人にさせてはならない)

思いは皆おなじなのだ。

だが、幾人がぶら提灯を手に闇夜へくり出そうとも、いずれあてのない探索に過ぎない。

六

晋助の背が闇に溶け込むと、杢之助と真吾はうなずきを交わし、角の壁に背を張りつけた。往来人がいたとしても、提灯をかざさない限りそこに人がいること

さえ気づかないだろう。

「お感じになりましたか」

「確かに」

闇の中に、低い声がながれた。ようやく杢之助と真吾のあいだで、今宵の策が語られ始めたのだ。

そこでの第一声は、街道で感じた〝醤油屋のおやじ〟らしい影のことでも、信州屋にすくい取った灯りの気配でもない。すでにそれらはうなずきだけで、二人には共通の認識となっている。

さきほど板戸の前から街道への枝道に出たとき、二人はいま出たばかりの路地の奥に、人の気配をすくい取ったのだ。無灯火だ。ということは、

（忠吉）

ともに直感した。

路地は通り抜けで、どちらからも街道に出られる。

「忠吉は銀蔵か銀次郎を尾け、ここまで来て向こう側の角から勝手口を見張っていたのでやしょう」

板戸の前で中を窺《うかが》っていて、別の複数の人影が路地に入ってきたものだから

慌てて逆方向へ移動したのではない。もしそうなら、当然そのとき杢之助たちは気づいていたはずだ。最初から離れたところで見張っていた……。

「うむ」

真吾は肯是《こうぜ》のうなずきを返した。

さらに、忠吉と思われる気配があることで、二人の脳裡には屋内に銀蔵か銀次郎が入っていることは確定的となった。

「おそらく、せがれの銀次郎でやしょう」

「うむ」

真吾は再度うなずいた。お槙を奪おうとするのに、いくら鉄面皮でも親子で来ることはあるまい。それに忠吉が出刃で狙うとすれば、銀次郎のほうであるはずだ。

もちろん忠吉は、板戸の前から影が去ったことに気づいていよう。

だがその影が板戸に近づく気配はない。忠吉に幾許かの思慮が残っているとしたなら、板戸から出てきたところを襲ったりはしまい。信州屋を離れてからのことになるだろう。

「左右から挟んで、逃げられないようにしやしょう」

忠吉を……である。暗がりで忠吉は近づく相手が誰だか分からず、逃げる公算が強い。あしたには奉行所の打ち込みがあるはずだ。ともかく今宵、その暴走を抑えねばならない。

「よし」

素早くこの場での策は定まった。真吾がこのまま残って路地の出口をふさぎ、李之助は街道を迂回して忠吉のいる枝道に入り、無理やりにでも身柄を確保しようというのだ。

「では」

李之助は壁から背を離した。

が、

「おっ」

すぐまた元に戻った。

「ん？」

真吾も壁に背を張りつけたまま、路地のなかを凝視した。

遅かった。

板戸に灯りが射したのだ。

開いた。

灯りが強まる。

ぶら提灯が出てきた。

顔がかすかに見える。

知らぬ男だ。半纏を引っかけている。遊び人風だ。銀次郎のお仲間だろう。似たのがもう一人、ぶら提灯に照らされ、さらに出てきたのが銀次郎のようだ。杢之助も真吾も銀次郎の顔を知らないが、雰囲気から分かる。

言っているのが聞こえる。

「あしたまた来て一押しだ」

杢之助と真吾は無言でうなずきを交わした。

(臨機応変に)

平たく言えば、出たとこ勝負で……。

それしか方途はなくなったのだ。

(殺《や》ってはならんぞ！　忠吉)

杢之助も真吾も胸中に叫んだ。

いま、銀次郎と与太二人は無防備だ。ふところに匕首《あいくち》は飲んでいようが、警戒心はない。

板戸の前に騒ぎは起こらなかった。忠吉に、わずかの分別は残っていたようだ。

提灯の灯りは忠吉の潜んでいるほうへ向かった。

「榊原さま」

「うむ」

杢之助と真吾はうなずきをかわし、壁から離れるなり街道へ急いだ。銀次郎たちは鮫ガ橋の質屋へ帰るはずだ。街道を横切る……。忠吉は、いずれかに身を隠したはずだ。対手《あいて》は銀次郎に与太二人だ。提灯の灯りの外に身を引き、息を殺せばそれで身は隠せる。

杢之助と真吾は街道に出た。遠くに見えるのは屋台の蕎麦屋か、他に揺れている灯りはない。

待った。

出てきた。一本向こうの枝道からだ。提灯一張に三人の男の影……。

さらに待った。出てこない。忠吉だ。月明かりはないが、わずかばかりの星明かりはある。注視している杢之助と真吾が見落とすはずはない。

銀次郎ら三人は街道を渡り切り、向かいの町場の枝道に入った。

まだ忠吉は出てこない。

対手は提灯を持っていて尾けやすいとはいえ、町場には枝道に脇道、路地が入り組んでおり、曲がるところを見ていないと見失う。

これ以上待てない。

(まずい！)

李之助と真吾は同時に焦りを覚えた。

忠吉は闇に身を引いたのではなかった。忠吉なら銀次郎たちがどの道を通って鮫ガ橋表丁まで帰るか、さらに詳しく予測はつけられるだろう。

先まわりしたのだ……。

「李之助どの」

「へい」

こんどは真吾のほうから声をかけ、銀次郎らを吸い込んだ枝道に走った。

気がつくのが速かったせいか、

「おっ、あそこ」

と、三人の灯り見失うことはなかった。

だが醤油屋の忠吉は先まわりしている。出刃を手に、物陰から不意に飛び出したのでは間に合わない。銀次郎を刺しても対手は三人だ。与太二人は匕首を抜き、忠吉はただでは済むまい。だが、それは助けられる。しかし忠吉は人殺しになる。救いたいのはそのほうなのだ。

杢之助と真吾は足袋跣《たびはだし》になり、下駄と草履をそれぞれふところに収め、気づかれぬ程度に三人との間合いを縮めた。だが、不意に備えるにはまだ間が開き過ぎている。町場はもうすぐ終わり、武家地に入る。白壁の往還では、縮めた間合いをふたたび開けねば気づかれる。

(このまま銀次郎に声をかけ、さりげなく三人の護衛役にまわろうか)

思ったときだ。

町場が途切れ、武家地に入る数歩手前だった。

物陰から一つの影が飛び出した。無言だった。そこに忠吉の銀次郎に対する、不気味な憎しみが込められていようか。手拭で頬かぶりをし顔を隠している。

「おっ」

三人は一斉に身構えた。

忠吉はしかし、やはり醤油屋のせがれか刃物を持っての喧嘩などおよそ縁遠い。刺すのではなく出刃を頭上に振りかざしていた。

「な、なんなんだ！」

銀次郎はふところの匕首を取り出すこともできず、両手で防ごうとしたのは本能であろう。振り下ろされた出刃包丁を、

「ううっ」

腕で受けとめた。

「こいつっ」

「野郎！」

与太二人は喧嘩慣れしている。ふところに手を入れ、頬かぶりの男に飛びかかろうとした。

が、杢之助と真吾は走っていた。

低い気合だった。

「えいっ」

真吾は提灯を持った与太に抜き打ちをかけ、

——ぐきっ
提灯が吹き飛び、男の動きはとまった。崩れ落ちない。手首に刀背《みね》打ちだった。

もう一人、

――うぐっ
その身は吹き飛び、

――カシャッ
匕首が地に落ちる音が聞こえた。

「うううっ」

男はうずくまった。走り込みざま杢之助は飛び上がり、男の脾腹《ひばら》に右足の甲を打ち込んだのだ。

杢之助と真吾の動きはそれだけではなかった。

提灯の火はすでに消えている。

真吾は刀を鞘に収めるなり、杢之助は地に足をつけるなり、申し合わせたわけではない。

両脇から忠吉を抱え込むなり、

「来い」

引き立てるように鮫ガ橋に向かい、その場を離れた。

「うううっ」

引きずられ、忠吉はうめいた。飛び出して銀次郎に斬りつけたまでは覚えているが、あとの事態にはまだ茫然としたようすだった。

「さようですかい。忠吉に手応えを訊くと、さほどでもなかった、と」

ホッとしたように清次は言った。

町々の木戸が閉まるすこし前だった。雨戸の閉められた清次の居酒屋の前で、杢之助は真吾と別れた。さすがにこの時分になると、商家の番頭や手代たちの提灯の灯りも街道には揺れていなかった。

木戸番小屋のすり切れ畳には、清次が胡坐を組んでいた。店を閉めてから、また留守居をおミネと交替したのだろう。清次の提げてきたチロリの熱燗《あつかん》はとっくにぬる燗になっている。清次は飲まずに待っていたようだ。

「すると、死体の始末をする必要はない、と」

「おそらく」

「いえね、これからそれをやらなきゃならないかと」

「待っていたのかい」

「まあ。出刃はちゃんと回収しやしたでしょうねえ」

「むろんだ。途中で骨董屋の晋兵衛さんと桶屋の庄兵衛に会い、出刃と一緒に忠吉を引き渡した。いまごろ忠吉め、おやじさんに張り倒されているかもしれねえ」

「まったくで」

李之助と清次は、同時にぬる燗の湯飲みを口に運んだ。

「だがな、そのあとの銀次郎たちのことは知らねえ。ちょいと心配だがな」

もし李之助が対手と向かい合い、足技を見舞っていたのなら、そやつは確実に首の骨を砕かれ即死していたことだろう。

「左足を地につけていなさらなんだから、さほどの威力は……」

「ま、そうだと思うがな」

ふたたび湯飲みを口に運んだとき、夜四ツの鐘が聞こえてきた。捨て鐘が三回なり、そのあと時刻分の数だけ鳴る。

「おっと、いけねえ」

李之助は腰を上げた。

聞こえてきた。

――チョーン
乾いた拍子木の音に、

「火のーよーじん、さっしゃりましょーっ」

白い息が、左門町の通りにながれた。

隠し事

一

「い、いまのはいってえ!?」

「そ、それよりも。い、痛ててて」

「う、ううう っ」

銀次郎は斬られた腕を押さえ、真吾の抜き打ちを受けた与太は、骨が折れた右手首を左手でかばい、杢之助の蹴りを受けた与太は肋骨を二本くだかれ、まだうずくまっている。

いずれも一瞬の、まるでつむじ風のような出来事だった。

相手がつむじ風なら、その正体など判ろうはずはない。

「い、いきなり刃物を振りかざし、飛び出てきた野郎と」

「あ、あと二人。わ、わけの分からねえのが」

「そ、そう。確か、三人だった」

と、言いながらも、歩くことはできた。

さすがは銀次郎を含め、喧嘩慣れした与太たちだ。銀次郎の腕をきつく縛り、血がしたたるのを最小限に防いだ。この場での被害者には違いないが、脛《すね》に傷を持つ連中たちだ。勝っても負けても流血の痕跡を残してはならない。

ようやく表丁の質屋に帰り着いた。

裏手の勝手口に崩れ込んだ三人に、

「な、なんなんだ！　おめえたち！　誰にやられたっ」

銀蔵は仰天し、

「わ、分からねえ」

三人は言うばかりだった。実際に、相手の正体が醤油屋の忠吉も含め、まったく分かっていないのだ。

女房がすぐさま手代に医者を呼びにやらせた。

その緊迫した気配は当然、隣の骨董屋で晋助のおふくろさんが感じとり、谷丁の醤油屋に走った。

時刻にすれば、左門町の木戸番小屋で杢之助と清次がぬる燗を酌み交わしている時分になろうか。骨董屋の晋兵衛と桶屋《おけや》の庄兵衛が、杢之助と真吾から出刃包丁と一緒に引き渡された忠吉を、つなぎの場である谷丁の醤油屋に連れ戻っていた。

醤油屋のおやじも骨董屋のせがれ晋助も、醤油屋に戻ってきた。

「この大ばか者！　みんなに心配をかけおって！」

醤油屋のおやじは杢之助が予想したとおり、せがれ忠吉の頭を思い切り殴りつけていた。

「すまねえ！」

忠吉は悲鳴を上げ、

「じゃが、俺は！　俺はっ」

「それで、どうなるというのじゃ」

また殴りつけようとするのを、

「ままままあ、こうして左門町の木戸番さんと麦ヤ横丁の師匠のおかげで、無事戻ってきたのだから」

骨董屋の晋兵衛と桶屋の庄兵衛が割って入り、醤油屋のおやじをなだめていた。

そこへ、

「いま、銀次郎たちがっ」

と、骨董屋のおふくろさんが飛び込んできたのだ。

おふくろさんは勝手口のすき間から、手負いの三人が帰ってきたようすを見て、声の一部も聞いている。

その話から、一同はあらためて胸を撫で下ろした。三人とも歩いて帰ってきたということは、杢之助と真吾が晋兵衛と庄兵衛に話したとおり、死ぬほどの重傷を負ってはいないのだ。

一同の息を抑えた談合は進んだ。

仕切ったのは、町内で〝親方〟と称《よ》ばれている桶屋の庄兵衛だ。職人たちを差配している貫禄からも、〝幽霊の声〟を銀蔵の次に聞いたという立場からも、この座を取り仕切るのにふさわしかった。

「いいですかい、かたがた」

庄兵衛は一同を見まわし、

「麦ヤ横丁のお師匠も左門町の木戸番さんも言ってなすった。忠吉どんのためだけじゃござんせん。救ってくだすったお師匠と木戸番さんのためにも、また町のためにも伊賀町の信州屋さんのためにも、今夜のことは岡っ引の源造親分にはもちろん、町内の隣近所のお人らにも、絶対洩らしちゃいけねえ。なあに、質屋の銀次郎たちも、暗闇で誰にやられたか気づいちゃいねえ。やつらを襲いたがっているのは、ほかにもいっぺえいまさあ」

一同はうなずいた。

——ここに集まった面々だけの、終生の秘密とする約束は成った。

そこまではよかった。

場所は醤油屋の奥の座敷だ。

さっきから、どうもぎこちない空気が漂っている。

「え？　どうしなすった」

と、その雰囲気に気づいたか、庄兵衛があらためて一同を見まわした。

庄兵衛以外の一同の視線が、晋兵衛も醤油屋のおやじも含め、若い晋助と忠吉に注がれた。

突然だった。いたたまれなくなったのだろう。晋助と忠吉は胡坐《あぐら》から一膝飛び下がるなり庄兵衛に向かって端座の姿勢をとり、

「親方！」

動きも声も二人同時だった。

「ん？　どうしたい、二人とも」

職人姿の庄兵衛は、怪訝な目を晋助と忠吉に向けた。

座のぎこちない雰囲気がそのままつづくなかに、晋助も忠吉も言うべき言葉を言い出しかねている。周囲はその言葉がなにかを知っている。だが、言えない。質屋の銀蔵と銀次郎の親子を追い詰めるための、〝洩らしてはならない〟源造との約束なのだ。しかしいまの雰囲気には、源造との約束を守るには無理がある。

この場で闇坂《くらやみざか》の声を、いまなお〝首を括《くく》った京介の声〟と信じているのは、庄兵衛だけなのだ。しかもそれが庄兵衛を動かす根幹となっている。

「仕方ねえ」

骨董屋の晋兵衛が若い二人に向かい、顎《あご》で庄兵衛のほうを示した。

（話せ）

意思表示だ。

せがれの晋助が無言でうなずき、

「実は庄兵衛親方……」

「なんでえ」

晋助が言いはじめたのへ、庄兵衛はますます怪訝な表情になった。

「そのー、あの、闇坂の声、俺と、その、庄吉なんで」

「へえ。そうでして」

「なんだって！　あ、あれは京介の……」

絶句する庄兵衛に、

「親方、実はねえ、あれは源造親分のほうから持ちかけられ、町全体で銀蔵と銀次郎を追い詰めるために……」

骨董屋の晋兵衛が、せがれの晋助に代わって事情を説明し、

「法螺貝《ほらがい》と見抜いたのは、鋳掛屋《いかけや》と羅宇屋《らうや》のこともあって左門町の木戸番さんで。あの町と手習い処のある麦ヤ横丁は、街道を挟んだ向かい合わせでござんしょう。それで師匠の榊原さまも……」

さらに話し、周囲が庄兵衛の反応や如何《いかん》と固唾《かたず》を呑むなか、

「あははは」

さすがに〝親方〟と称ばれる庄兵衛か、怒るよりも大笑いしたいのを堪《こら》え、声を抑えるように笑い、

「いや、あれはやはり京介だ。京介の霊が晋助と忠吉を動かし、晋助の家が骨董屋で売れ残りの法螺貝があったのは、決して偶然ではないぞ」

その言葉に周囲はホッと息をついた。

これで法螺貝の秘密を守るのは、骨董屋と醤油屋だけでなく、桶屋も加わったことになる。

「なるほど、他言は決してせんわい」

庄兵衛は言い、さらに、

「ようやく判りましたわい。さっきからなぜ左門町の木戸番や手習い所の師匠が、と思うておったが、そういう経緯《いきさつ》がありましたのか。ふむふむ」

得心したようにうなずき、

「法螺貝の件は源造さんの肝煎《きもいり》でわしら御三家が町内にも秘密にし、忠吉が銀次郎に斬りつけ、そこへ木戸番と師匠が飛び出て与太二人を痛めつけたってえのは、わしら御三家が源造さんにも極秘にする……と」

あらためて念を押したのへ周囲はうなずき、

「ふむ、御三家。俺たちがなあ」

「それも、秘密のさ」

誰が言って誰が応じたか、座の重く緊張していた空気がやわらいだ。

そのなかに忠吉が一人、隅で蒼《あお》ざめた表情になっていた。自分のやろうとしていたことの恐ろしさが、ようやく解ってきたのだろう。

その忠吉のおふくろが言った。

「それにしても、あの左門町の木戸番さん……」

「おっと、言っちゃいけねえ。それも、すべてはよう、なかったことに」

親方の庄兵衛がたしなめるように返し、

「おっ、もうこんな時分ですぜ」

夜四ツを告げる鐘が聞こえてきたのだ。

左門町でも、ちょうど杢之助が腰を上げたころだ。

それでも鮫ガ橋の面々の足取りは重かった。信州屋の件は、まだなにも解決していないのだ。

二

そっと外から開けられた腰高障子《こしだかしょうじ》の音に、杢之助は目を覚ました。

掻巻《かいまき》にくるまっていても、流れ込んできた寒気を感じる。

首をまわした。外はようやく提灯《ちょうちん》なしでも歩けるほどに明るんでいる。

「おぉう杢さん、すまねえ。また起こしちまったい」

「どんなにそっと開けても、杢さん目を覚ますんだからなあ」

松次郎に竹五郎の、忍ぶような声がつづいた。〝どんなにそっと〟など、杢之助にはハッとする言葉だ。

「なあに、そりゃあ歳のせいさ。誰でもおなじ、おなじ」

掻巻の中から返し、

「えいっ」

気合とともに跳ね起きた。

「おぉう、杢さん。まだ寝ていてくんねえよ」

竹五郎と臼《うす》を外へ出しながら言う松次郎に、

「なあに、きょうは大晦日《おおみそか》だ。気分的にも落ち着かんしなあ」

「あはは、違《ちげ》えねえ」

松次郎と竹五郎が餅つき道具一式を外へ出したときには、杢之助はもう手拭《てぬぐい》を肩にかけ桶を手に、長屋の路地の井戸へ出ていた。一膳飯屋でも清次の居酒屋でも、もう蒸籠《せいろう》の炊き出しを始めていることだろう。

「あらぁ杢さん。きょうは早いんですねえ」

と、おミネもすでに井戸端に出ていた。

台の上に湯気が立ち、松次郎と竹五郎が鉢巻を締めなおし、

「さあっ」

「おうっ」

と、杵《きね》をふるいはじめたとき、ようやく日の出を迎えた。

杢之助は寒さ除けに頬かぶりをし、街道に出た。軒端《のきば》にすでに縁台が出ている。

志乃ではなく、清次が盆に二人分の湯飲みを載せて出てきた。

街道にも人が出ている。

朝の寒気のなかでの熱いお茶は、なによりのご馳走だ。

「ほんとうにきょう、ありやしょうかねえ」

「ある。アチチッ」

おなじ縁台に座り、耳元にそっと言った清次に杢之助は応え、取ろうとした湯飲みから思わず手を離した。

「おぉう。熱いお茶、わしにもくんねえ」

大八車の人足が二人、手の平に息を吹きかけながら隣の縁台に座った。

「はーい」

志乃がすぐに暖簾《のれん》から出てきた。

李之助は思わず立ち、視線を東のほうへ向けた。一緒に確かめに行きたい衝動に駆られたのだ。目の前の大八車が、東向きに停まっているのだ。

「あはは、木戸番さん。落ち着きなさいな。なにかありゃあ、すぐこの街道に伝わってきますよ」

「えっ、この街道の向こう、なにかありますのかい。あっしらこれから四ツ谷御門のほうへ行きやすが」

清次が言ったのへ、人足の一人が興味深げに返してきた。

「いや。儂《わし》はここの木戸番でな。きょう一日、無事に終わってくれればと、そう思っただけでさあ」

「あはは、違えねえ。わしらもきょう最後の荷運びだ。無事に仕事を終えたいもんでさあ」

李之助が言いながら座ったのへ、もう一人の人足が応えた。今年最後の荷運びで、日の出前に内藤新宿を経て四ツ谷大木戸を入ってきたようだ。

これから四ツ谷御門のほうへ行くという。

縁台に座ったまま杢之助の視線は、また四ツ谷御門のある東方向へ走った。

その視線の先に、源造は動いていた。


杢之助が腰高障子の開く気配に目を覚ましたころだ。

「さあ、おまえさん」

と、源造は女房どのに揺り起こされていた。

日の出のころ、その姿は四ツ谷御門から外濠を南へ六丁（およそ六百五十米《メートル》）ばかりの喰違《くいちがい》御門の前にあった。開くのを待っている。城門を入ると土手がジグザグに組まれてまっすぐに進めないことから、このような奇妙な名がつけられている

四ツ谷御門前と違い、門を出ると濠沿いの往還《おうかん》に赤坂御門外から紀州徳川家の広大な上屋敷の白壁がつづいている武家地で、昼間でも人通りは少ない。まして日の出のころなら、いま見られる人影は源造一人である。

なぜ源造がそこに……きのうの内に、その申し合わせができていたのだ。さすがに源造はお上の手先として、このことを杢之助に知らせることはしなかった。

だから逆に杢之助は、きょうの打ち込みに確信を持ったのだ。

鮫ガ橋の町場からは、四ツ谷御門より喰違御門のほうが近い。

夜明け前に北町奉行所を出た捕方《とりかた》の一群は外濠城内を走り、日の出の時分には喰違御門内に集結し、城門が開くと同時にソレッと目標の町場に走る。

奉行所の捕方が朝駈けをするとき、地理的条件によってはこの方法がとられる。走るのが城内であれば町衆の目に触れることはなく、不意をつけるからだ。


これよりすこし前、松次郎と竹五郎が餅つき道具を木戸番小屋から外へ出している時分だった。まだ一帯の薄暗いなか、鮫ガ橋表丁の銀質にも動きがあった。裏の勝手口がそっと開き、手代と小僧二人が出てきたのだ。この質屋で住み込みの奉公人はこの三人だけで、あと女中が二人いるが通いである。

手代と小僧二人は竹箒《たけぼうき》を手にしている。昨夜、手負いで帰ってきた銀次郎たちから道順を聞いている。朝、明けきらぬ内からその道をたどり、血の跡があれば人目に触れる前にかき消すのだ。

それら三人の影は地面に目を凝らしながら、表丁の銀質を離れた。

日の出だ。一帯の寒気にぬくもりが射した。杢之助が街道おもての縁台から、四ツ谷御門のほうへ視線を投げたときである。

「おゝ」

手に息を吹きかけながら濠端《ほりばた》に立っていた源造は声を上げた。喰違御門が大きな鈍い音とともに開けられたのだ。

「おぉお、旦那！」

源造は橋に足音を立て、鉢巻を締めながら走った。

相手は商家であり、刃物を振りまわしての大立ちまわりはないだろう。だが、今年最後の打ち込みである。鎖帷子《くさりかたびら》までは着けていないものの、陣笠に袴《はかま》の股立《ももだち》を取った与力が一人、先頭の馬上で一群を差配し、その背後に籠手《こて》に脛当《すねあて》、鎖の入った鉢巻に白木綿《しろもめん》のたすきを締めた同心二人が走り、さらに鉢巻とたすき掛けに六尺棒を小脇に抱えた捕方が、まだ半開きの喰違御門からわらわらと走り出てきたのだ。捕方は二十人もいようか。

さしたる戦力もないと思われる一軒の商家へ打ち込むには、大げさすぎる陣容だ。ともかく見せ場をつくりたいのだ。

「ご案内いたしやすうっ」

源造は朝日の射したばかりの橋の上で飛び上がり、

「さあっ、旦那っ」

与力の馬の轡《くつわ》を取った。

先頭である。その態勢で縄張内《しまうち》の町場へ走り込む。岡っ引にとって、これほど晴れがましいことはない。

「こっちでございやす」

馬前に、源造は走った。

武家地を抜ければ鮫ガ橋の町場である。日の出直後とあっては往来に豆腐屋や納豆売りなど朝の棒手振《ぼてふり》の姿をときおり見かける程度なのが、源造には不満だった。だが商舗《みせ》によっては、すでに小僧が出て往還を掃いている。騎馬に率いられた捕方に、

「うあーっ」

仰天し屋内に走り戻り、入れ替わるように、

「なんだ、なんだ」

番頭や手代たちが飛び出てくる。

まだ朝の時間というのに、一群の走り去ったあとには大勢の住人が出ている。

眠気眼《まなこ》をこする者や、これから井戸端で顔を洗うところだったか、肩に手拭をかけた者もいる。

「確か先頭は、源造親分！」

声が飛ぶ。

一群の足は表丁と谷丁を分ける往還に入り枝道へ走り込んだ。

「旦那方っ、ここです。雨戸、まだ閉まっておりやす」

「うむ」

源造の案内に馬上の与力は、

「かかれっ」

「裏手はこっちで！」

「おうっ」

源造のあとに同心が、

「つづけっ」

おもての一隊と別れた捕方たちが一斉に裏手への路地へ走り込んだ。

おもてではすでに、

――ガシャガシャン、バリッ

同心が雨戸を蹴破り、

「それっ！」

「おーっ」

捕方たちが一斉に打ち込んだ。

屋内では、

「な、なんなんだ！」

昨夜の不意討ちに今朝の雨戸を破られる音である。

手代が医者を呼びに行ったが、来たのは子《ね》の刻（午前零時）近くであった。銀次郎の腕の刃物傷は応急処置で、与太二人の肋骨と手首の骨は、砕かれているのかヒビだけなのか分からぬまま、固定して痛み止めの薬湯を調合しただけだった。

鮫ガ橋の町医者も近辺の住人と同様、銀蔵と銀次郎の親子には嫌悪感を持ち、闇坂以来のさまざまな噂《うわさ》を耳にしていたのかもしれない。

（親身に療治《りょうじ》すれば、逆に町内の患者を失う）

刃物傷の出血は止まっているものの痛む。骨のほうは痛みとともに熱が出る。

与太二人は赤坂の町場に塒《ねぐら》を置き、銀次郎から要請があるときだけ鮫ガ橋に来ていた。きのうも信州屋への脅しが終わると赤坂に帰るつもりだったが、一人は肋骨を、もう一人は腕の骨を砕かれたのでは、とても夜の道を帰れたものではない。一晩ようすを見ようと、銀次郎の部屋に泊まっていたのだ。

三人は薬湯を飲んでからも、

「――くそーっ。やつらいってえ、どこのどいつらなんだ」

「――こ、こんど会ったら、ただじゃおかねえっ。うーっ」

うめき声を洩らし、夜明け近くになりようやくうつらうつらとしかけた。

そこへ、おもての音とともに飛び起きたのは銀蔵とその女房だった。

手代と小僧二人は昨夜言われたとおり、暗いうちから竹箒を持って外に出ている。

「お、おまえさん！　裏からもっ」

「えっ!?　まさか昨夜の！」

とっさに事態が呑み込めない。

ふたたび、

――ガシャ、バリバリッ

近くの縁側の雨戸も破られた。

部屋の中がきゅうに明るくなる。

「ううっ。静かに……えっ！　なんなんでえ」

「こ、これはっ」

銀次郎に与太二人がうめきながら蒲団《ふとん》の上に上体を起こしたとき、

「うわっ」

「や、役人！」

目の前で明かり取りの障子がつぎつぎと破られ、

「御用だ！　神妙にしろっ」

裏手から踏み込んできた同心に十手を向けられた。神妙にしろと言われても発熱と痛みで蒲団の上から動けない。目の前に土足で打ち込んできた役人は探索などではない。捕物だ。微塵の容赦もない。

「召し取れ！」

下知と同時に御用、御用の声が入り乱れ、

「うわーっ」

「痛てっ」

「おおおおっ俺たちが、被害者なんだぞーっ」

六尺棒に押さえ込まれ、悲鳴を上げながらたちまちうしろ手に縄を打たれ、

「立ていっ」

寝巻のまま数珠つなぎにされ、おもてに引かれた。朝の冷え込みのなかに足袋も草履《ぞうり》も履くことを許されず、裸足のままである。

雨戸を蹴破られた商舗の前にはなにごとと近辺の住人らが駈けつけた。

おもてから打ち込んだ一群に、銀蔵とその女房は多少は抗《あらが》ったか髷《まげ》はくずれ寝巻の帯も乱れてうしろ手に縛られ、馬から下りていた与力の前へ引き出され、顔面蒼白となり震えているのは、恐怖と寒さのためであろう。新たに引き出されてきた三人も同様だった。野次馬はさらに増え、事態を察したようだ。

「やい、銀蔵！　ざまあねえぞ」

「銀次郎！　おめえも終わりだなあ」

「そうよ、そうよ」

町の衆から罵声が飛ぶ。

そこへ裏手の一群と一緒に打ち込んだ源造が意気揚々と出てきた。十手も六尺棒も手にしていないが胸を張り、集まった住人らを見まわした。

町の岡っ引はそれぞれに縄張を持っていても、あくまで同心の私的な耳役《みみやく》であ

り、よほど切羽詰まったときは別として捕物の権限はなく、縄を打つこともできない。新次郎ら三人のうち一人でも遁走しておれば、同心はその場で源造に房なしの十手とともにお縄の権限も与え、捕方の数人もつけ即座に町場に走らせていたであろう。あまりにもあっけなく終わった捕物に源造は、

（なんでえ、これは）

内心、不満を覚えないでもなかった。

だがこたびの捕物に、源造の奔走がものを言ったことは間違いない。与力も同心もそれを認めているからこそ、源造に馬の轡取りをさせ案内役にしたのだ。これまでの探索から、町場の者もそれは認めているだろう。

「源造さん！　お手柄っ」

「ありがたいぜ！」

「おぉう」

町の衆から声が飛ぶ。

源造の太い眉毛が大きく上下した。

「引き立ていっ」

与力の下知に、

「さあ、歩け」

おもてから踏み込んだ同心が銀次郎の尻を蹴り上げ、一同を引いて行ったのは鮫ガ橋の自身番だった。すぐ近くだが、このときも源造が案内役として先頭に立った。まさしく岡っ引の晴れ舞台である。

これから初期の尋問があり、そのあと茅場町《かやばちょう》の大番屋に引き、手証《てしょう》をそろえての吟味が始まり、やがて北町奉行所のお白洲で深川のお芳、さらには伊賀町のお長、お槇の母娘らの生き証人も顔をそろえ、最終吟味に裁許が下されるだろう。だがあしたから正月だ。日程は分からない。

竹箒を持った手代と小僧二人が戻ってきたのは、まさにおもての雨戸を同心が蹴破ったときだった。

手代も小僧たちも、

（やがてこの日が来る）

予測していたのか、そのまま姿をくらました。

女中二人は町内の住人で、銀蔵らが小突かれながら自身番に引き据えられたすぐあと、町役《ちょうやく》につき添われ出頭してきた。お白洲が始まれば、この女中たちも有力な生き証人となることだろう。

現場には裏手から打ち込んだ同心と捕方たちが残り、証文など手証となるものを根こそぎ集め、裏庭の質草の倉には六尺棒が十文字に組まれ、封印された。

ここに町衆への見せ場となる早朝の打ち込みは終わった。だが、これからの吟味は別として、町場での舞台が終わったわけではない。

三

「おかしいぜ」

部屋に踏み込んだときから、源造は首をひねっていた。

これまでの経験から、朝駈けの不意打ちでも対手《あいて》が与太や博徒であれば抵抗し、かなりの混乱は生じる。ここにも銀次郎とその仲間の与太がいた。それにもかかわらず、あまりにもあっけなかった。

もちろん、それら三人が手負いで苦しそうにはしていたが、見え透いた演技と源造はみた。

だが、銀次郎が腕に巻いている包帯はとっさの〝演技〟でできるものではなく、そこへ捕方が容赦なくねじあげ縄を打ったものだから、自身番に引いたときには傷口が開き、実際に血が滲み出ていた。与太二人も苦しそうなようすは〝演技〟にしては巧緻であり、顔色も悪く汗までかき、うめき声も尋常ではない。

自身番に牢の設備はないが、不審な者を町で拘束したとき、奉行所から役人が引き取りに来るまで暫時《ざんじ》留め置く部屋はある。町役や書役《かきやく》たちが詰める三和土《たたき》に面した畳部屋の奥に、三畳か四畳半ほどの板張に板壁の間があり、そこが町内での留置部屋となっている。柱には鉄の鐶《かん》が取り付けてある。留め置いた者で逃亡のおそれのある者をつなぐためだ。

鮫ガ橋の自身番の板の間は四畳半だったが、そこへ五人も押し込め、さらに同心や捕方が入って吟味するのだから狭く感じることこの上なく、同心は苛立ち、その分、尋問も手荒くなる。

「旦那」

と源造は、十手で清次郎を打ち据えようとした同心に声をかけた。

同心もさきほどから奇妙に感じていたが、部屋の狭さにいらつき、早くなにがしかの言質《げんち》を取り大番屋に移そうと焦っていた。源造に指摘され、ようやく包帯に滲んだ血に目を向け、与太二人のただならぬようすにも気がついた。

ただちに昨夜の町医者が呼ばれた。

「はい。昨夜、遅くなってからでございます」

医者は証言し、それぞれ三人の傷口もその場で検《あらた》められた。

「うーむ」

同心も源造も首をひねり、吟味は質屋のお定書《さだめがき》への違背に関することだけではなくなった。

与力は畳部屋でそれら板の間の尋問や、銀質の商舗から運び込まれる手証の品の吟味などを差配し、町役や書役たちは三和土に下ろされ、おもてにはまだ朝の内というのに野次馬が群れた。

騒ぎは銀質と自身番の周辺だけではない。日の出から間もなく起こった騒ぎに住人らはなにごとと往還に飛び出し、なかには茶碗と箸を持ったままの者もいた。

なかでも仰天したのは隣の骨董屋だった。昨夜、谷丁の醬油屋で桶屋の庄兵衛をまじえ、法螺貝の件も忠吉が銀次郎を襲おうとしたことも〝すべてなかったことに〟と話し合ったのだ。

そこへ捕方が打ち込んだ。

「お父つぁん！」

「おう！」

晋兵衛と晋助は飛び出した。おふくろさんもつづいた。茶碗と箸を持ったままだったのはこのおふくろさんだった。おかしくはない。すでに人が出始めており、手拭を肩にかけた男もおれば桶を持った女もいる。若い娘も寝巻のまま飛び出てきて白い息を吐いている。

「この騒ぎ、いつからだね」

と、晋兵衛に訊《き》く者もいる。数軒離れた紙屋のあるじだ。

「いまさっきだ。それも不意に！」

興奮状態のまま応えているところへ、

「おぉお」

周囲から声が上がった。

銀蔵とその女房が寝巻で裸足のままうしろ手につながれて外へ引き立てられ、ついで銀次郎と与太二人がつながって小突かれながら出てきたのだ。

三人が間違いなく生きていたことに晋兵衛も晋助もホッとし、その動きが苦しそうでぎこちなく見える原因を、骨董屋の家族三人は知っている。

源造が破られた玄関口から出てきた。

「あっ、親分」

晋助が声を上げ、動揺を見せたのへ、

「待て。わしが声をかけ、探ってみる」

昨夜の一件ときょうの打ち込みが、どう関連しているかである。

「隣家の者でございます。隣家の者でございます。源造親分へ」

晋兵衛は人垣をかきわけ、捕方たちのあいだを縫うように、飛び出したときの寝巻姿のまま質屋の玄関口に進んだ。

「おぉう、隣の晋兵衛さん」

源造は気づき、

「どうですかい。今年中に間に合いやしたぜ」

得意そうに言った。

「引き立てい」

与力が下知し、周囲から銀蔵たちへの罵声が飛びはじめたのもこのときだった。

互いに白い息がかかるほど目の前を、縄目の銀蔵たちが引き立てられて行った。

連中は寒さと恐怖に震え顔をうつ伏せていたから、晋兵衛がそれらと視線を合わせることはなかった。

昨夜の面々が骨董屋の奥の部屋にふたたび顔をそろえたのは、人の波が捕方たちにつながって移動したすぐあとだった。

隣の質屋の前では、噂を聞きつけ破られたままの雨戸の中をのぞこうとし、見張りに立っている捕方に追い払われる者が引きも切らない。

「このやつら、また帰《けえ》ってくるんじゃねえでしょうなあ」

捕方に確かめている者もいる。近所の魚屋のあるじだ。

捕方に応えようもないが、願望を乗せたその問いは、町の声を代弁している。

隣の奥の部屋では、桶屋の庄兵衛、醬油屋のおやじとせがれの忠吉が顔をそろえている。呼びに行く必要はなかった。騒ぎを聞いて駈けつけ、

「いったいこれは！」

と、晋兵衛と顔を見合わせ、そのまま骨董屋の奥の部屋に上がったのだ。それら三人も、寝巻に褞袍《どてら》を引っかけただけの姿だった。

おふくろさんが出した熱いお茶で体をあたためながら、

「大丈夫ですよ。源造さんは〝今年中に間に合った〟と言っていたから」

「ほう」

晋兵衛が言ったのへ庄兵衛が返し、醬油屋の親子も安堵の表情をつくった。

〝今年中に間に合った〟とは、その前から打ち込みは予定されていたことになる。昨夜の件は無関係だ。もっとも源造はいま自身番で、銀次郎がとっさに叫んだ〝俺たちが被害者なんだ〟の言葉に着目しているところだが……。

「それよりもこの騒ぎ、午前《ひるまえ》には左門町や麦ヤ横丁にも伝わりやしょう。それとも、もう伝わっているかもしれやせん。あそこの木戸番さんや手習い処のお師匠も心配なさろう」

昨夜晋兵衛と一緒に、杢之助と真吾から忠吉の身柄を預かった庄兵衛が言った。

「おぉ、それはもっともです。あのお二人にも、心配なさらぬように」

晋兵衛が応じ、きのう夕刻近くに左門町へ走った晋助が身支度をととのえ、ふたたび外へ走り出た。

おもてはまだ騒がしい。銀蔵たちはいまも自身番に留め置かれているようだ。晋助は走った。普段なら町場を人が走れば目立つが、きょうは目立たない。

杢之助は街道おもての縁台に座っていた。年の瀬もきょう一日とあっては、まだ朝のうちというのに慌ただしさが感じられる。

木戸の内側からは松次郎や竹五郎らの威勢のいい声が聞こえてくる。

「きょうは飛び入りの注文さえなけりゃあ、午過ぎには終わるぜ」

「またそんなことを」

松次郎が言ったのへ竹五郎が返していた。さあこれが最後と言ったとき、

『松つぁん、竹さん、ごめん、ごめん』

と、自分の家で蒸したもち米を、大急ぎで抱えてくるおかみさんや商家の女中がいるのは例年のことだ。それも町内の者ではない。近くの町の松次郎や竹五郎のお得意先で、自分の町では飛び入り注文で引きずり餅の衆に断られ、急いで左門町に走ってくるのだ。

四ツ谷御門のほうから来た大八車が居酒屋の前で停まり、

「おう、茶を一杯くんねえ」

暖簾の中に声を入れ、縁台に座った。

これを杢之助は待っていたのだ。

陽はかなり高くなっているが、まだ人の影は朝日に長い。

「ご精が出るねえ。四ツ谷御門のほうから来なすったか」

「あゝ。そうだが」

「きょう一日、平穏であって欲しいものだが、街道になにか変ったことはなかっ

たかね」

「あら、いらっしゃい。ごゆっくりどうぞ」

おミネが湯飲みを載せた盆を両手に持って出てきた。

「ありがとうよ。で、変わったことかね。そういやあ脇道から飛び出てきた商家の奉公人みてえのが荷馬とぶつかりそうになり、気をつけろだのどっちがだのと言い争っていたなあ。伊賀町のあたりだった」

大八車の人足は旨そうに湯飲みに音を立てた。

(打ち込みは)

あったのかどうか、これからなのか。噂はまだ街道にながれ出ていない。

その人足も腰を上げ、つぎに座ったのは駕籠舁き人足だったが、塩町か内藤新宿に人を運んだ戻り駕籠で、訊くには方向違いだった。

(いっそ、鮫ガ橋へ行ってみようか)

幾度も思ったが、そこで打ち込みに出会い、

『なんでおめえがここに』

と、源造に訝《いぶか》られたり、まして出役《しゅつやく》装束の同心から事情を訊かれたりしてはまずい。

「お店のほう、いま暇だから」

と、おミネが前掛にたすき掛けのまま木戸に駆け込んでからすぐだった。清次の居酒屋も通りの中ほどの一膳飯屋も、午前のなかで最も一息つける時分だ。おミネは松五郎や竹五郎の手伝いに出たのだ。

その木戸から、

「あ、木戸番さん。きょうもこちらでしたか」

と、出てきたのは骨董屋の晋助だった。

闇坂を経て左門町には裏手から入ったのだが、晋助では顔を知られておらず行商人風でもなく、一膳飯屋のかみさんにつかまることはなかった。

「おぉお」

杢之助は声と同時に腰を上げ、

「入りねえ」

居酒屋の暖簾を手で示した。客はいない。木戸番小屋はおミネたちが入り、つき上がった餅を一つ一つ丸める場になっている。

一番隅の飯台に座った。

清次は気を利かし、お茶だけで志乃を板場のほうへ引き揚げさせた。

店場には杢之助と晋助のみとなった。それでも晋助は周囲に視線をながし、

「ここで大丈夫ですか」

低声で念を押した。

杢之助はうなずき、晋助に視線を据えた。晋助が来たことで、

（打ち込み！　朝駈けか）

直感したが、晋助の周囲をはばかる挙措《きょそ》に確信を強めた。

「で？」

うながした。

晋助は飯台の上に身を乗り出し、

「けさ、日の出間もなくです……」

低い声で話しはじめた。

「源造さんは？」

「意気揚々と……」

言うのへ、杢之助は肉付きの薄い頬をほころばせた。

（源造さんらしい）

ほほえましく思ったのだ。

一群はいま自身番に入っており、銀質の家捜《やさが》しも進んでいることを晋助は話し、杢之助も昨夜信州屋の裏手に真吾と二人で残った以降の経緯を語った。

「そうでしたか」

と、晋助は得心した顔になった。その箇所が、鮫ガ橋の〝御三家〟のまだ知らない部分だったのだ。もちろん、

「いやあ、さすがは榊原さまで、儂は周囲に人影がないか見張っていただけだったがね」

銀次郎たちに襲いかかったときのようすを話した。

晋助はさらに納得した表情になり、

「そのあと手前どもが……」

と、商人言葉になり、〝すべてなかったことに〟と話し合ったようすを語り、

「源造さんは銀質の前でうちのおやじに、〝今年中に間に合った〟と」

「ほぉう」

杢之助はうなずいた。晋助がわざわざ朝駈けの打ち込みを知らせに来たのは、昨夜の件とは無関係であることを知らせ、杢之助と榊原真吾を安心させようとする配慮であったのを覚《さと》った。

清次は板場で包丁に音を立て、話に無関心を装っている。

「ありがたいぜ、晋助どん。榊原さまには、儂から伝えておこうじゃねえか」

「はい。お願いします。私、すぐ帰ります。その後のようすが気になりますので」

「そうだろう、そうだろう。そうしなせえ」

杢之助は腰を上げ、晋助も立った。

「あ、そうそう」

出入り口のほうへ向かおうとしていた晋助が動きを止め、ふり返った。杢之助は見送るように立っている。

「まだ、なにか」

「はい。こんなこと、鮫ガ橋《うち》の町以外のお方には関係ないかとも思うのですが」

晋助は前置きし、

「お隣さんには、手代と小僧さん二人が住み込んでおりましたが、朝から姿が見えません。気配を察して逃げたのかもしれません」

「逃げた？　朝駈けをかわして」

「そのところはよく分かりませんが、わたしら近所の者は、そのまま逃げ延びてくれればと思っております」

「ほう、どうして」

「可哀相なんですよ、あの三人。まともな商いと思って奉公に上がると、とんでもないところだった。以前、手代さんが私に話しましてね、辞めたいって。しかし、一度商舗の中をのぞくともう辞めさせてもらえない。小僧さん二人を連れて夜逃げをしようかとも思ったそうですが、恐ろしくてそれもできない。逃げて見つけ出されたら、半殺しにされかねない、と」

「そりゃあ不憫《ふびん》だなあ。ここで一緒に捕まったんじゃ、銀蔵や銀次郎らと同罪にされちまうなあ」

「そうなんですよ。もしあの三人がどこかで見つけられ、お縄になったなら。わたしら町内の者で減刑を願い出ることになると思います」

「ほう。そういう人らなら、そうしてやりなせえ」

「はい。それでは」

外に出ると晋助はそのまま街道を東方向に走った。忍原横丁に入って闇坂を抜けるようだ。

李之助は清次にいまの話をし、向かいの麦ヤ横丁に向かった。

「ほぉう、朝駈けでしたか」

真吾は言ったのみで、昨夜の件にはまったく触れなかった。ひとたび〝極秘〟と決めたなら、あたかも自身の関心からも消し去ったように思える。

（さすがは榊原さま、武士だ）

杢之助は思ったものである。

四

鮫ガ橋の噂が左門町にながれてきたのは、午近《ひるちか》くになり一膳飯屋に入った行商人からだった。また書き入れ時というのに、かみさんは木戸番小屋にけたたましく下駄の音を響かせた。

源造が意気揚々と与力の轡取りをしていたことまでは行商人の知るところではないが、打ち込みのようすや自身番に因業《いんごう》質屋の面々が引かれて行ったことなどは正確に伝わっていた。

「えぇえ！　おもしれえっ。幽霊の声にお奉行所が動いたってのかい」

「松つぁん。そりゃあ町の声に動いたんだよ、きっと」

杵をとめて叫んだ松次郎に、竹五郎は言っていた。

その声が木戸番小屋の中にまで聞こえる。松次郎も竹五郎も、〝幽霊の声〟を信じているのだ。というよりも、一膳飯屋のかみさんも、町の住人たちみんなが信じている。それが杢之助には辛かった。

陽がかたむいたころ、午過ぎに銀蔵らが茅場町の大番屋に引かれて行ったとの噂がながれてきた。手負いのままつながれ、役人に小突かれている姿を想像し、

（苦しかろう、痛かろう）

木戸番小屋で思わず杢之助は身を震わせ、

「すまねえ」

声に出した。

陽が落ちた。

これから急速に夜の帳《とばり》が降りてくる。

「さあーっ、終わったぜーっ」

杵の音がとまり、

「ほんと、助かったよう。あ、これ、このまま持って帰るから。さあ、おまえた

ち。これを臼から出して。早く」

松次郎の声に、いかにもありがたそうに聞こえたのは、塩町の骨董屋のおかみさんだった。子供と小僧を連れてきている。つき上がった餅を、そのまま持って帰るようだ。かたづけの手伝いに長屋の女房衆も出てきている。

「そうしてもらったら、こっちも助かるよ」

竹五郎の声だ。

そのすぐあとだった。

「わっしょい、わっしょい」

と、それらの声が腰高障子のすぐ外を長屋の路地に入って行った。暗くならぬうちに臼や杵の水洗いだ。今宵から木戸番小屋に持ち込まれることはなくなる。

「あぁ、ちょいと。あんたたちぃ。火を落とさずに待っているからね」

下駄の音とともに聞こえたのは、湯屋のおかみさんだ。わざわざ伝えに来た。

「すぐ行かあ。頼むぜ」

路地のほうから、また松次郎の声だ。

きょうは陽が落ちてから煙が出ていても、すこしくらいなら町役もそうやかましくは言わない。

下駄の音が腰高障子の前でとまった。

「そういうわけだから、杢さん」

「あゝ。火の用心にまわるとき、気をつけておかあ」

「頼むねー」

障子戸越しに言うと、下駄の音は遠ざかった。

しだいに暗さが濃くなる。

長屋の手前の部屋から火をもらってきた。

暗闇となっても、なお草履を引く音が忙《せわ》しなく聞こえ、提灯の灯りが揺れているのは、売掛金《うりかけ》の回収にまわっている商家の番頭や手代たちだろう。

火の用心にまわった。湯屋はとっくに仕舞《しま》っているが、近辺の路地から板塀のすき間まで、丹念に目を凝らした。大晦日に火事でも出したら大変だ。

日暮れ時から数えて三回ほどもまわったろうか。清次の居酒屋が暖簾を下げるのは、いつもなら酔客の絶える五ツ（およそ午後八時）時分だが、まだ軒提灯が灯《とも》り、店場からも灯りが洩れていた。

普段より重そうな下駄の音が聞こえ、外からぶらぶら提灯《ちょうちん》の灯りが腰高障子に近づいたのは、そろそろきょうというより今年最後の火の用心にまわり、木戸を閉める時分になったころだった。

「あー、疲れた」

声とともに腰高障子が音を立てた。おミネだ。ほんとうに疲れた表情だ。

臼も杵もない三和土を見て、

「今年もやっと終わったのね」

言いながらぶら提灯を持ったまま、すり切れ畳によいしょといった風情で腰を下ろした。

「閉めようにも普段とは違ったお客さんが来て、まだ店を開けているのをすごく喜んでくれるものだから、ついつい閉められず」

杢之助のほうへ身をよじった。

「あはは。儂も疲れたよ」

実際、杢之助も疲れていた。気疲れだ。

「もうあたし、ここに上がり込んでそのまま寝てしまいたいくらい」

提灯を持った手を膝に乗せ、片方の手をすり切れ畳についた。肩にかかっていた髪がはらりと前に垂れる。そのまま崩れ込んで寝てしまいそうな風情だ。

木戸を閉める夜四ツ（およそ午後十時）の鐘が聞こえてきた。

「おっといけねえ。今年最後の夜まわりだ」

杢之助は拍子木の紐《ひも》を首にかけ、提灯に火を取ると油皿の火を吹き消した。

「ん、もう」

しぶしぶ腰を上げるおミネに、

「さあ、あしたは存分に朝寝坊をしねえ。儂もあしたの朝は木戸を開けたらまた一眠りすらあ」

「そお。じゃあ、来年もよろしゅう」

「儂のほうもな」

ふてくされたように言うおミネに杢之助は返し、長屋の路地に遠ざかるおミネの下駄の音を背に聞いた。

杢之助は胸中に念じた。

(この町に生きがいを感じるのは、おミネさん。あんたがいるからだよう)

提灯の淡い灯りで長屋の障子戸を開けたとき、おミネの耳には拍子木の音が響いてきた。動きをとめ、ふり返った。星明りだけがそこにある。

今年最後の夜まわりを丹念に終え、木戸番小屋に戻ってくると、部屋に灯りがあって木戸が閉められていた。

(清次だな)

下駄に音もなく腰高障子の前に立ち、

「おじゃましておりやす」

中からの清次の低い声に、腰高障子を開けた。

音がしない。

木戸が閉まるころには、大晦日といえど外に動く提灯の灯りはなくなる。この界隈でいま灯りがあるのは、左門町の木戸番小屋だけだ。

入ると、

「おう、あったかいなあ」

「へえ。炭火の残りを持ってきやしたので」

「ほう」

見ると、七厘《しちりん》に火が入っていた。

頬かぶりを取り、すり切れ畳の上に清次と向かい合わせに胡坐を組んだ。

「今宵は、すぐ帰《けえ》りやす」

言いながら清次は湯飲みにチロリの熱燗《あつかん》をそそぎ、

「心置きなく、正月を迎えてくだせえ。ただ、それだけを言いたくて」

「きのうは、危うくまた他人《ひと》を殺《あや》めるところだったぜ」

「そうしても仕方のねえやつらだったのじゃありやせんかい。それによって、伊賀町の信州屋さんも助かりましょうから」

「おめえ、おなじ喰い物の商売で、気がつかなかったのかい。儂も前を幾度も通りながら、まったく気配さえ感じなかったからなあ」

「噂にも聞きやせんでした。それだけ信州屋さんは、隠しておいでだったのでやしょう。だから源造さんも、すぐ近くだというのに気づかず……」

静寂のなかに、二人は声を潜めている。

「その信州屋さんが公事《くじ》の生き証人になったんじゃ、近所に知られてしまい……」

「ほかになにか方法が……」

「おっと、いけませんや。四ツを過ぎてもまだ灯りがあったんじゃ、盗賊の謀議と間違われまさあ」

「違《ちげ》えねえ」

「ともかく杢之助さんは、打てる手はすべて打ちなすった」

「打てる手……か。身近なお人らを、誑《たぶら》かしてまで……因果よなあ」

「おっと、それは言わねえでくだせえ。ともかくあさってあたり、あっしが恵方《えほう》参《まい》りにでも出て、ようすを見てきまさあ」

「うむ」

李之助はうなずき、清次は帰り支度を始めた。といっても、空になったチロリを提げ、腰を上げるだけだが……。

このときだった。

清次は動きをとめ、櫺子窓《れんじまど》のほうへ顎《あご》をしゃくった。

感じた。人の気配だ。

李之助も清次とうなずきをかわすと、

「さあ、寝るか。あしたは正月だ」

外にも聞こえる声を出し、油皿の火を吹き消した。

清次はそっと櫺子窓にすき間をつくった。のぞいた。李之助もつづいた。

月のない星明りに、人のうごめいているのが感じられる。

数呼吸、時が経過した。

どのような姿なのか……分からない。人数も、分からない。

動いた。三人だ。明らかに、木戸番小屋の灯りを気にしていたような動きに感じられる。影は木戸に張りついた。

杢之助と清次は、再度うなずきを交わした。けさがた鮫ガ橋の晋助が話した、銀質の三人、手代と小僧たち……と、思われたのだ。

三人が打ち込みの現場を逃れた経緯は知らない。考えられるのは、その後いずれかに潜んで夜を待ち、さらに大晦日に走る商家の手代や番頭たちの提灯の灯りが町の往還から引き揚げ、木戸が閉まるまでのわずかな隙に町場から街道に出て四ツ谷大木戸を抜け、内藤新宿に入る算段だったのだろう。そこはもう江戸府外で、江戸町奉行所の手は及ばない。四ツ谷大木戸は石垣が残るのみで木戸はなく、昼も夜も往来勝手となっているのは誰もが知っている。

左門町の木戸番が、今宵最後の見まわりに出たのをいずれかの物陰でやり過ごし、街道に面した木戸に走った。昼間なら、

「――それならさっき街道のほうへ」

と、自身番に知らされ、すぐさま追手がかかっていただろう。

夜に入り、往還に揺れる提灯の灯は絶えた。ところが木戸は閉まっていた。番小屋に灯りもある。三人はしかたなく木戸の内側にうずくまり、ようすを見ることにした。静かなので、乗り越えようともした。そこへ拍子木を打ちながら木戸

番人が帰ってきた。三人は再度うずくまり、機会を待った……のであろう。それも待ちくたびれ、その気配を清次が感じ取った。

杢之助と清次がうなずきを交わしたのは、

(逃がしてやろう)

と、それだけではない。逃げたときのようすは知らないが、三人はこの寒空に着の身着のままで無一文のはずだ。

(助けてやりたい)

しかし、ここで声をかけ親切心をみせたのでは、三人がもし捕まったとき、同罪となってしまう。

不意に清次が声を出した。

「こりゃあ木戸番さん、火を消すの、早すぎましたよ。おっとっと」

故意に音を立てて三和土に下り、腰高障子も派手に開け、外に出た。

「おっとっと」

清次は板壁づたいに櫺子窓の外まで来ると、

「それじゃ木戸番さん。きょうはとくに外から木戸の具合、確認しておきますよ」

「へえ。お願《ねげ》えします」

相談したわけではない。杢之助は清次の意を覚《さと》っていた。

清次は木戸番小屋とは背中合わせの植込みづたいに帰り、すぐにおもての雨戸を開け街道に出た。提灯を手にしている。

木戸に近づき、中を照らさぬように気をつけ、

——ガタゴトガタ
ゆすって音を立て、

「木戸番さん、大丈夫だ。あした、明るくなってからまた調べましょう」

「へえ。ありがとうございやす。お休みなせえ、旦那」

「あゝ、木戸番さんも」

外から木戸の中へ入れた声に、檽子窓の中から杢之助は返した。

内側の隅にうずくまった三人からは、清次の姿が木戸越しに、はっきりと見えているはずだ。

「さーぁ、あしたはーっ」

と、清次は提灯を持ったまま白い息を吐き、大きく伸びをした。ふところからなにやら落ちた。鈍い金属音がしたが、

「おー、寒い」

声に出し、清次は気づかぬままその場から離れた。

うずくまる三人の耳には、居酒屋の雨戸の閉まる音も聞こえたはずだ。

一帯から、灯りは失せた。

李之助は櫺子窓に張りつき息を殺し、三人の動きを窺《うかが》っている。というより、星明かりの下に気配を感じ取ろうとしている。

数呼吸のあと、動きが感じられた。木戸を乗り越えたようだ。

清次がすぐあと確かめるだろうが、三人は清次の落としたものを拾い、ありがたく持ち去ることだろう。

「ふーっ」

李之助は大きく息をつき、櫺子窓から離れた。

(因果だなあ、おめえさんらも)

思いながら掻巻にもぐり込んだ。あとは除夜の鐘を聞くばかりである。

掻巻の中で、李之助はまたつぶやいた。

「儂もだぜ。因果はなあ」

五

習慣か、夜のしらじらと明けるころ、目が覚めた。

（ふむ。いまのうちに）

杢之助は気合とともに身を起こし、寝巻の上に縕袍を引っかけてまだ薄暗いなかに木戸を開けた。二度寝をして日の出のときに起きなくてすむようにと思ったのだ。

開けた。

まだ薄暗いが地面は見える。

確かめた。

ない。

昨夜、清次がわざと落としたのは巾着《きんちゃく》だった。一分金や二朱金、四文銭などで一両二分ほど入れておいた。もちろんこの額は清次があとから杢之助に話したことだが、三人がしばらく日干しにならない額である。これで三人は飢えて盗っ人に手を染めることなく、新たな生活《たつき》の道を見つけることができるだろう

「おぉ。冷える、冷える」

つぶやき、また掻巻にもぐり込んだ。長屋の路地から聞こえる音も声もない。

つぎに目が覚めたのは、

「おっ」

明るい。腰高障子が受けているのは昼間の陽光だ。感じで分かる。それもすっかり高くなっている。木戸番小屋に訪《おとな》う者もいなかったようだ。

町家では武家と違って畏《かしこ》まった儀式はなく、雑煮《ぞうに》もいたって簡単でご馳走を食べるわけでもない。一日をのんびりと過ごす。これが春気分なのだ。街道に出ると、動いているのは凧揚げや羽根つきをしている子供たちの姿ばかりで、元旦はいずれの往還も子供たちの格好の遊び場となり、商家もほとんどが終日大戸《おおど》や雨戸を閉めたままで、開けているのは明かり取りのためで暖簾は出していない。雨戸に注連飾《しめかざ》りが風に揺れ軽い音を立てているのが、いずれの町も正月の風景となっている。

杢之助も木戸番小屋で、すり切れ畳に荒物をならべることも、七厘の炭火に焼き芋《いも》を転がすこともなく、しごくのんびりと過ごしていたが、

（去年は危ういところで、同心が左門町に入るのを防いだが、今年は……）

と、内心は春気分ではなかった。

きのう鮫ガ橋の自身番での取り調べで、証言に立った町役や書役たちが口をそろえた〝幽霊の声〟の話に、与力も同心たちも証言の者が真剣な表情になればなるほど、背筋をぶるると震わせながらも意地になり、現場調べの必要を口にしなかった。町役たちが鋳掛屋や羅宇屋など他の町の者も聞いたと証言し、松次郎に竹五郎とその名を挙げても、すべて、

「——気のせい」

ですませていた。

だが、それが取り調べのすべてではない。

裏手から踏み込んだときの〝俺たちが被害者なんだぞーっ〟の叫びを意にとめたのは、源造一人ではなく、同心も憖《しか》と耳にしていた。傷もそれを証明している。

獅子舞や三河万歳にお福さんなど、音曲入りの門付《かどづけ》が来て町が華やかになるのは、二日からである。左門町の通りにも、それらが鼓《つづみ》を打ちながら入ってきた。毎年のことだ。子供たちがあとをついて歩く。太一がまだ長屋にいたころ、一緒に踊りながら他の町までついて行き、杢之助とおミネが慌てて找《さが》しに走ったこと

があった。

一日は静寂で、二日にはときおり聞こえる音曲のなかに、杢之助は源造が打ち込みの自慢に来るのを待った。

来なかった。

清次が言ったとおり、志乃と一緒に市ケ谷八幡宮へ恵方参りに行き、帰りに鮫ガ橋に寄り、

「あゝ、気分が清々《せいせい》したよ」

「今年はとくにいい正月でさあ」

と、仕入れた噂はおよそそうしたものばかりだった。

「これでやつら死罪になってくれれば、もう安心して闇坂を通れるんですがねえ」

という声も聞いた。

件《くだん》の質屋は表も裏も竹矢来《たけやらい》が組まれ、無人となって建物ごと町内預かりとなり自身番の差配に置かれていた。

正月も三日目になると、いずれの町も従来の動きを取り戻す。正月らしいことといえば、まだ門付芸人が町に出ていることと、年始まわりに着飾って小僧や女

中を供につれた商家の主人やご新造《しんぞ》をあちこちで見かけることぐらいだ。街道には大八車も荷馬も普段のとおりに出ているが、初荷の札が正月を思わせる。

清次の居酒屋もきのうから軒端に縁台を出し、杢之助も三日目から七厘に焼き芋をころがしはじめた。

昼間、七厘を清次の居酒屋に預け、伊賀町までふらりと出向いたが、信州屋だけ暖簾が出ておらず、ひっそりとしていたのが気になった。かといって中をのぞくことはできない。大晦日の打ち込みと銀蔵らが大番屋に引かれて行ったことは、鮫ガ橋の醤油屋から詳しく聞かされているはずだ。

「——安心して果報を待て」

忠吉はおそらくお槇に伝えたことだろう。

もう一つ、杢之助が知りたい動きが三日目からあった。

茅場町の大番屋での吟味だ。大番屋には本格的な牢も牢問《ろうとい》の設備もある。

その一端なりとも知りたい。銀蔵たちの非道が明らかにされることもさりながら、銀次郎たちを闇夜に襲い、忠吉の暴走を喰いとめた一件に、どう吟味がすすんでいるかである。町では〝なかったこと〟に口裏《くちうら》を合わせても、歴とした証拠が三人の体に残っているのだ。

吟味は進んでいた。取り調べに岡っ引が立ち会うことはないが、この打ち込みに源造の手柄は大きい。三日の朝から茅場町に出かけ、吟味に顔を出していた。

「贅沢」

と、銀次郎らは一喝されていた。

鮫ガ橋で自身番に引かれたときから、銀次郎の腕は傷口が開いて血がにじみ、与太の手首は深夜に呼んだ医者に添え木をはめられたままで、もう一人の肋骨は手当のしようがない。胸に包帯を巻いただけで、痛み止めの薬湯も大番屋では出されず、一日、二日は牢内で終日うめいていた。

すっかり弱気になり、三日目に吟味の場に引き出されたとき、

「なんでも話しまする。お手当を、お手当を！」

三人はうしろ手に縛られたまま懇願した。

〝贅沢〟と一蹴されても、

「あっしらこそ、被害者なので。ただ銀次郎に頼まれて」

与太二人は言い張った。自身番での段階からすでに仲間割れしていたのが、吟味とともにその溝は広がる。

三人が終始一致していたのは、

「襲われたのは、お、俺たちのほうで。見てくだせえ、この傷をっ」

であった。一応、大番屋でも医者を呼んでいた。ここでも三人の弁と医者の診立てに違いはなかった。

源造の案内で同心が捕方二人を連れ、伊賀町の信州屋から鮫ガ橋表丁の銀質までの道のりをたどった。信州屋のお長とお槙の証言する銀次郎たちの顔ぶれも時刻も一致し、さらに襲われたとする町場と武家地の境の往還に、かすかな血痕と箒《ほうき》で掃いた跡があった。

銀蔵とその女房はしたたかに竹刀《しない》で背や肩を打たれ、

「は、はい。手代と小僧に命じましたぁ」

白状せざるを得なかった。

右腕に峰打ちを受けた与太は、

「あの打ち込み。あっしらの喧嘩剣法じゃありやせん。いずれ腕の立つ侍に相違ありやせん」

証言し、

「飛び蹴りでさあ。並みの者にできる技じゃございんせん。やはりお武家」

胸に蹴りを受けた与太も言う。

押収した証文のなかから、旗本屋敷のものも幾枚か出てきた。

同心たちは顔を見合わせた。町奉行所の差配は武家には及ばない。旗本はお城の目付が管掌《かんしょう》しているのだ。

六

李之助が木戸番小屋で、

「ほっ」

声を上げ、すり切れ畳の荒物をおしのけ、人ひとりが座れる場をつくったのは、五日の朝、陽がかなり高く昇った時分だった。焼き芋の炭火で、部屋の中はあたたかくなっている。清次の居酒屋も通りの中ほどの一膳飯屋も、昼の仕込みに入るにはまだすこし間のあるころ合いだ。源造の雪駄のかかとを地に引く音が、腰高障子の外に聞こえたのだ。

「いるかい、バンモク」

だみ声とともに、腰高障子が大きな音を立てた。

「ここはいつ来てもあったかくって、それに暇そうでいいなあ。まっこと、おめえにぴったりだぜ」

憎まれ口をたたきながら源造はすり切れ畳に勢いよく腰を落とし、奥の杢之助のほうへ身をよじった。連日の働きで相当疲れていることが、表情からも分かる。だが、太い眉毛はひくひくと動いている。

「あゝ。この町には、年末に噂になった鮫ガ橋のような悪徳の者はいねえからなあ。あの日の打ち込み、聞いたよ。あんた、お役人衆の先頭を走っていたんだって？」

「おぉう、聞いたかい。ま、それからが大変だったんだがな」

源造は満足そうに眉毛を上下させ、

「みょうなことがあってなあ」

「みょうなこと？　朝駈けだから、根こそぎお縄にしたのじゃないのかい」

杢之助は手代たちのことを念頭に問いを入れた。

「あゝ、お縄にしたよ。ところが若え三人《わけ》が、あそこのどら息子も含めてだ」

『あっ、そっちのことか』

思わず口に出そうになったのを、杢之助は内心ハッとして呑み込んだ。

「一人は腕を斬られ、あとの二人は腕の骨を峰打ちで折られ、もう一人は肋骨を砕かれているじゃねえか。どうやら飛び蹴りらしい」

「斬ったの、峰打ちだの、飛び蹴りだのと、なんなんでえ、それって」

「それが分からねえ。伊賀町のほれ、信州屋よ。そこを脅しての帰りだったらしい」

「えっ、信州屋さん！　蕎麦屋《そばや》の？　そこもなにか関わっていたのかい」

「えぇい、じれってえ。そんなことおめえに話したって始まらねえ。ともかくだ、あの質屋の若え三人を襲ったのは物盗りじゃねえ。やつら、ただ襲われて骨をへし折られただけだったからなあ。斬ったのも深くはねえ。恨みによる襲撃で、それもどうやら侍らしい。襲われた場所も武家地のすぐ近くだ。それで押収した証文の中にはその近辺のお武家もあってなあ。だが、相手がお武家じゃ奉行所は手が出せねえ」

「ま、そうなるなあ」

「そこでだ。その怪しい武家屋敷をだ、松と竹に探ってもらいてえ。あいつらなら武家屋敷でも、するっと裏庭まで入って行けるからなあ」

「待ちねえ、源造さん」

李之助は内心、緊張を帯びた。

「なんでえ。なにか不服でもあるのかい」

「大ありよ」

「なにぃ」

源造の眉毛の動きが止まった。これまで源造が松次郎と竹五郎の合力《ごうりき》を求めて李之助に仲介を頼み、待ったをかけられたことはない。

李之助は言った。

「どこのお武家か知らねえが、そこを松つぁんと竹さんに探りを入れさせてみろい。蜂の巣を突《つつ》くことになるぜ」

「うっ」

源造は返答に窮した。あとさきを深く考えていなかったようだ。

李之助はつづけた。

「そうなりゃあ、二人ともこの界隈じゃ商いができなくなるだけじゃねえ。この左門町が不逞《ふてい》なお武家に狙われ、そこへ榊原さまが出てきなすって二人を護ってみねえ。このあたりに血の雨が降らあ。あぁ、桑原くわばら。源造さん、あんたもただじゃすまねえぜ。この儂もなあ。すでに三人が襲われているのだろが」

言っているのは、決して虚構でも空想でもない。

「ううっ」

源造は絶句の態になった。杢之助の攻勢はつづいた。

「で、奉行所の旦那方は、どう言ってなさるのだい。まさか、それをやれってかい」

「い、いや。奉行所じゃお武家に関することだからと、三人が襲われた件は切り離して吟味を進める、と。だがよ、場所は俺の縄張内だぜ。それとなく鮫ガ橋に聞き込みを入れたが、銀次郎たちが襲われたのは誰も知らねえ。だから松と竹に……」

どうやら源造は、手柄の上積みをしたかったようだ。

「無理言っちゃいけねえ。理由《わけ》はさっき言ったとおりだ。なあ、源造さんよ。そりゃあ襲われたのが与太でも、まあ町衆だ。それが侍に襲われ、探索もしねえってのは儂が聞いても悔しいぜ。源造さんならなおさらだろうよ。だがよ、ここは一つ、なあ、長いものには巻かれろっていうじゃねえか。悔しかろうがよう」

「ううう、むむ」

理屈というよりも、その現実を最も痛切に知っているのは源造なのだ。

「それよりも、銀次郎らの傷はどうなんだい。可哀相な気もするが、お白洲はまだかい。それに源造さん、さっきからしきりに〝若え三人〟と言ってなすったが、商舗の手代や小僧さんたちのことかい」

「そのことよ。若えやつらは奉公人じゃねえ。まるっきりの与太だった」

話題をすらりと変えた杢之助に源造は乗ってきた。武家に手を出すことの危うさに、やはり怖気《おじけ》を感じたようだ。逆に杢之助は、ホッとしたものを覚えていた。

話の途中に、焼き芋を買いに来た町内のおかみさんがいたが、源造がそこにいて杢之助となにやら深刻な雰囲気になっているのを感じ取り、

「それじゃまた。あちちちっ」

と、笊《ざる》に焼き芋を載せるとそそくさと帰って行った。源造と杢之助の緊迫したような対座……、一膳飯屋のかみさんの耳へすぐにも入りそうだ。

源造の話によれば与太二人というのは、赤坂の塒を拠点に銀次郎と組み、あちこちのコソ泥から盗品を買い取る故買《こばい》をやり、それを銀蔵の質屋を通して市場にながすという巧妙なことをしている悪党であることが、吟味のなかで判明したらしい。銀蔵の罪はますます重くなる。

「やつら、あそこの女房も含めてきのうさ、小伝馬町の牢屋敷に送られたぜ。ま、

牢屋敷にも医者はまわっているが、ろくな手当はしてもらえめえよ。お白洲は十四日の小正月の前に開かれるようだが、牢でそれまで持つかどうか」

「うっ」

こんどは杢之助が絶句した。そこまでとは思っていなかったのだ。だが、詳しく訊くことはできない。三人の容態を気にしながら、

「そうかい。で、奉公人はどうなったい。なんの噂もながれてこねえが」

「それよ」

源造の眉毛はふたたび動きだし、

「通いの女中二人は銀蔵らのお白洲が終わるまで町内預かりとなり、あとはお構いなしとなろうよ」

「男の奉公人もいたんじゃねえのかい」

「あゝ、いたらしい。住み込みが三人、手代に小僧が二人だってよ。逃げられちまったい」

「逃げられた？　どのように」

「それさ。銀蔵がせがれたちの襲われたのを隠そうとして、悪事を働いているやつらは、てめえらが襲われたことでも隠したがるからなあ。血の跡などを消そう

と、夜明け前に竹箒を持たせて現場を掃きに出したらしい。あはは、お笑いじゃねえか。そこへ俺たちが打ち込んだってわけよ」

「ほぉう」

このときはじめて、李之助があのとき三人が逃走した経緯を知った。李之助もつい笑顔になり、

「それで、どうしなさる。その三人は」

「どうしようもねえ。となりの骨董屋など近所に聞き込みを入れると、以前からあるじの悪行に嫌気を感じ、ずいぶん悩んでいたらしいや。ま、捕まえてからお構いなしにするのが順当だろうが、逃げたのなら仕方ねえ。店の金や品を持ち出した形跡もねえし、どこへ逃げたかもしれねえ小者を三人も追いかけるほど俺は暇じゃねえ。同心の旦那も、放っておけってなあ」

「ほおう、そうかい」

ふたたび李之助はホッとするものを感じた。

(早く清次に知らせてやりてえ)

思えてくる。路銀を用立ててしてやったのは清次なのだ。

「ま、そんなことでよ」

源造は来たときとは違い、いくらか気抜けしたような風情で腰を上げた。

故買屋を挙げれば、芋づる式にコソ泥の幾人かも挙げたことだろう。正月早々思わぬ手柄の積み重ねに、日ごろ悔しい思いをしている武家にまでと、つい勇み足になったのを杢之助に阻《はば》まれ、意気がその分だけ萎《な》えたのだろう。

「おう。きょうはまあ、これまでのながれを教えてやりに来たまでよ」

源造は強がりを言いながら腰高障子に音を立て、

「邪魔したな」

敷居を外にまたいだ。

雪駄の音が遠ざかる。

「あぁ、まただ」

源造が開け放しにしたままの腰高障子を閉めようと三和土に下りた。

聞こえてきた。

「あゝ。来た、来た」

腰高障子から首を外に出した。

けたたましい下駄の響きに土ぼこりだ。杢之助はそのまま敷居のところに立ちふさがるように、一膳飯屋のかみさんを迎えた。

「ねえねえねえ、さっきの、源造さんじゃないの。幽霊に大晦日の打ち込みの話だよねえ。どうなったのさあ、それから」

息せき切って言う。

戸口をふさいだまま、杢之助は話した。

与太どもの故買が加わった件と、小正月までにお白洲が開かれる話までだ。武家の話は伏せた。元が〝なかったこと〟なのだ。

それでもかみさんは満足して帰った。

お白洲が開かれたのは、源造の言ったとおり小正月の前の日、十三日だった。その日の午《ひる》をかなりまわった時分、源造の配慮であろう、炭屋の義助が左門町まで結果を知らせに来た。

果たして北町奉行所のお白洲には、深川のお芳、四ツ谷伝馬町のお長とお槇の母娘も膝をそろえ、裁許座敷を前に泣きに泣いたという。

裁許はその日に下った。

銀蔵は質屋の作法定書《さほうさだめがき》違背に故買の罪が加わり死罪、女房は闕所《けっしょ》（家財没収）のうえ江戸十里四方永《とわ》の所払い、銀次郎と赤坂の与太二人は遠島、さらにコソ泥数名がおなじく遠島になったという。

「ほぉう。やはりそうなったか」

と、杢之助は得心したが、手負いの三人のようすが気になった。源造は〝それまで持つかどうか〟などと言っていたのだ。

義助はそれについても源造から聞いていた。

「傷《いた》んだ身の三人でやすがね、牢内で相当うめいていたようで、新入りの仕置きをされるよりも、逆に牢名主から同情され、牢内に手当てを心得た者がいたらしくて、娑婆《しゃば》の医者よりも親切に診てもらっているらしいですよ。流人船が出るのは二月《ふたつき》ほど先とのことらしいですが、そのころには島の暮らしはなんとかできるようになっているだろうと……」

「ほう」

と、杢之助は安堵を得た。悪党でも自分の与えた傷で不自由な身になり、牢内や島で苦しみながら死を待つのでは、やはり寝覚めのいいものではない。

午過ぎ、真吾にそれを伝えたとき、

「ふむ。それはよかった」

と、やはり安堵の表情を見せた。

刑の内容については、

「妥当なところだなあ。隣の金兵衛さんが言っていたが、質屋仲間の惣代《そうだい》たちが連盟で、奉行所に銀蔵へのきついお裁きを嘆願したらしいよ」

死罪や遠島の沙汰は、それも奏功《そうこう》したのかもしれない。江戸の質屋仲間の組織は、正常に機能しているようだ。

ちなみに死罪は、裁許が下りれば即刻執行される。

夕刻近く、松次郎と竹五郎がいつものように商売道具を木戸番小屋の外に置き、すり切れ畳に腰を据え言った。鮫ガ橋の町役たちもお白洲に膝をそろえたのだ。裁許はこの日のうちに鮫ガ橋はむろん、伊賀町にも伝わっていよう。

「鮫ガ橋を通って来たがよう。悔しいけど、どういうことでえ」

「源造さん、えらい評判だぜ」

「ま、それもいいじゃねえか」

杢之助は返したが、松次郎と竹五郎は不満顔で、

「一番の手柄は、あの世の声を最初に町の人らに伝えた、桶屋の庄兵衛親方だぜ」

「そうさ。俺たちだって」

「なに言ってやがる、竹。おめえ怖気づいていたじゃねえか」

「まあまあ、二人とも。ほれ、早く行かねえと残り湯になってしまうぜ」

「あ、ほんとだ」

日の入りが近づいているのを見て、竹五郎のほうが先に立って腰を上げ、

「おう、待ちねえよ」

松次郎もつづいた。


夜五ツのころ、清次が熱燗のチロリを提げ、木戸番小屋に上がっていた。

「これでやっと正月を迎えたような気がするぜ」

杢之助は湯飲みを一口たしなみ言ったが、顔はすぐれなかった。

(儂たちゃあ、身近な人まで誑かさなきゃあ、……生きていけねえのか)

その思いが胸を締めつけるのだ。

ぽつりと言った。

「因果よなあ」

「はい。因果でございまさあ」

清次は応え、さらにつづけた。

「忘れてくだせえ、あしたのために」

風もない、天保七年（一八三六）の新春の宵《よい》だった。

ちなみに松次郎と竹五郎が、

「伊賀町の信州屋、暖簾が出ていたぜ」

と、仕事帰りに木戸番小屋で話題にしたのは、月が弥生《やよい》（三月）になり永代橋のたもとから流人船が出た、と鮫ガ橋のほうから伝わってきた数日後のことだった。源造の配慮や醤油屋のあと押しがなければできないことだ。

杢之助はつぶやくように言った。

「この左門町も含め、四ツ谷っていい土地《ところ》だなあ」

松次郎と竹五郎は首をかしげていた。

この作品は廣済堂文庫のために書下ろされました。

特選
時代
小説

KOSAIDOBUNKO

木戸《きど》の幽霊始末《ゆうれいしまつ》

大江戸番太郎事件帳《おおえどばんたろうじけんちょう》㉖

2013年9月1日　第1版第1刷

著者
喜安幸夫《きやすゆきお》

発行者
清田順稔

発行所
株式会社 廣済堂出版
〒104-0061 東京都中央区銀座3-7-6
電話◆03-6703-0964［編集］ 03-6703-0962［販売］ Fax◆03-6703-0963［販売］
振替00180-0-164137　http://www.kosaido-pub.co.jp

印刷所・製本所
株式会社 廣済堂

ISBN978-4-331-61545-4　C0193

「大江戸番太郎事件帳」シリーズ

喜安幸夫

木戸の闇裁き
大江戸番太郎事件帳 一

江戸を騒がす悪党は闇に葬れ！　四谷左門町の木戸番・杢之助。さまざまな事件に鮮やかな裁きを見せる男の知られざる過去とは……。

喜安幸夫

殺しの入れ札
大江戸番太郎事件帳 二

己の過去を詮索する目を逃れて一時町から姿を消した杢之助だったが、再び町に戻り火付盗賊改方の役宅に巣食う鬼薊一家と死闘を繰り広げる。

喜安幸夫

木戸の裏始末
大江戸番太郎事件帳 三

四谷一帯が火の海と化した！　左門町の周りで巻き起こる様々な事件を解決するため、凶悪非道の徒を追って、杢之助が疾駆する。

喜安幸夫

木戸の闇仕置
大江戸番太郎事件帳 四

三十両という大金とともに消えた死体の謎！　人知れず静かに生きたいという思いとは裏腹に、杢之助の下には次々と事件が持ち込まれる。

喜安幸夫

木戸の影裁き
大江戸番太郎事件帳 五

内藤新宿の太宗寺に男女の変死体が！　杢之助は事件の裏に蠢く得体の知れないものの正体を暴き、町の平穏を守ろうとする。

「大江戸番太郎事件帳」シリーズ

喜安幸夫

木戸の隠れ裁き

大江戸番太郎事件帳　六

美人と評判の印判屋の娘・お鈴とその兄の姿が見えない。この失踪の裏に事件の匂いを嗅ぎ取った杢之助は、この二人の行方を捜すが……。

喜安幸夫

木戸の闇走り

大江戸番太郎事件帳　七

左門町の隣町・忍原横丁に越して来た医者・竹林斎。人徳もあり腕もいいこの医者の弱みにつけ込み脅迫する代脈を、杢之助は……。

喜安幸夫

木戸の無情剣

大江戸番太郎事件帳　八

左門町の向かいの麦ヤ横丁に看板を出す三味線師匠・マツ。彼女を強請っている男の正体を突き止めた杢之助は、浪人の真吾と組んで……。

喜安幸夫

木戸の闇同心

大江戸番太郎事件帳　九

奉行所が各所に隠密を放ち、江戸の総浚いを始めた。果たしてその目的は何なのか？　大盗賊という過去を持つ杢之助に危機が迫る！

喜安幸夫

木戸の夏時雨

大江戸番太郎事件帳　十

水茶屋上がりのおケイという女の通い亭主・次郎吉に、杢之助は自分と同じ匂いを嗅ぐ。折しも盗賊〝鼠小僧〟が世間を騒がせており……。

「大江戸番太郎事件帳」シリーズ

喜安幸夫

木戸の裏灯り

大江戸番太郎事件帳　十一

四谷の賭場の胴元・政左は、杢之助が並の木戸番でないことを見抜き仲間に引き入れようとするが、杢之助は裏をかいて政左を追い詰める。

喜安幸夫

木戸の武家始末

大江戸番太郎事件帳　十二

飯田町の呉服商の息子が誘拐され、水死体となって発見された。続いて左門町でも誘拐騒ぎが起きるが、杢之助はそれを狂言と見破り……。

喜安幸夫

木戸の悪人裁き

大江戸番太郎事件帳　十三

小間物屋の夫婦喧嘩が毒殺未遂事件へと発展した。町の平穏を守るため杢之助は、小間物屋の女房殺しを請け負った男を秘密裡に逃がすが……。

喜安幸夫

木戸の非情仕置

大江戸番太郎事件帳　十四

左門町に迷い込んだ幼な子と、板橋宿で起きた伝馬屋一家殺害事件との間に関連があるとみた杢之助は探索に乗り出す。

喜安幸夫

木戸の隠れ旅

大江戸番太郎事件帳　十五

左門町に越してきた浪人一家には忠弥という五歳の男の子がいたが、その子がさる大藩の御落胤であったことから、騒動が巻き起こる。

「大江戸番太郎事件帳」シリーズ

喜安幸夫

木戸の因縁裁き

大江戸番太郎事件帳　十六

麹町で二人のヤクザ者に店の主人が殺される事件が起きた。荷運び屋の佐市郎がヤクザ者と意外な接点を持っていることを知った杢之助は……。

喜安幸夫

木戸の闇仕掛け

大江戸番太郎事件帳　十七

玉川で獲れた初鮎を将軍家へ献上する鮎道中を妨害しようとする者がいるという噂を聞きつけた杢之助は、自ら担ぎ役となって街道を走る。

喜安幸夫

木戸の口封じ

大江戸番太郎事件帳　十八

阿漕な高利貸しが行われているという噂の蓮青寺に盗賊が入るが、杢之助はそこにある旗本の子の仇討ちがからんでいることを知り……。

喜安幸夫

木戸の悪党防ぎ

大江戸番太郎事件帳　十九

老舗割烹の主が通う妾宅に不審な男が出入りしていた。その身辺を探るうちに、杢之助は男が大店を狙う盗賊一味ではないかと疑念を抱く。

喜安幸夫

木戸の女敵騒動

大江戸番太郎事件帳　二十

左門町の木戸番小屋に刀疵を負った侍が担ぎ込まれた。騒ぎを避けるため杢之助は隠密裏に介抱するが、侍が武家の妻の間男と分かり……。

「大江戸番太郎事件帳」シリーズ

喜安幸夫

木戸の鬼火

大江戸番太郎事件帳 二十一

深夜の赤坂に人魂が浮かび、火付け騒動があった。騒ぎに乗じて大店から大金を強奪する計画が進行していることを知った杢之助は……。

喜安幸夫

木戸の闇坂《くらやみざか》

大江戸番太郎事件帳 二十二

お岩稲荷で切り付けられ、回復しても仔細を話さない桔梗屋伊兵衛。不審に思った杢之助の調べで、二十年前のある事件との因果が判明する。

喜安幸夫

木戸の弓張月

大江戸番太郎事件帳 二十三

隠居夫婦を殺した押し込み強盗を刺殺してしまった夜鳴蕎麦屋の宇市。人々は老夫婦の敵討ちだと賞讃したが、杢之助は疑念を抱いて……。

喜安幸夫

木戸の盗賊崩し

大江戸番太郎事件帳 二十四

手習い処に通う男児の誘拐事件に続き、杢之助の身内同然の少年太一につきまとう怪しい女。かつて世間を騒がせた盗賊一味が蠢き出した!

喜安幸夫

木戸の隣町騒動

大江戸番太郎事件帳 二十五

大店の娘と手代の駆け落ち騒動に不自然さを感じた杢之助は裏の事情を探り出したが……。背後に潜む悪の存在を抹殺すべく、杢之助が奔る!